Eine ganz normale Familie

Renate Baum

Eine ganz normale

Familie

Bibliografische Information der Deutschen Nationalbibliothek: Die Deutsche Nationalbibliothek ver-
zeichnet diese Publikation in der Deutschen Natio-
nalbibliografie; detaillierte bibliografische Daten
sind im Internet über http//dnb.dnb.de abrufbar.

Umschlagbild: (c) ankomando www.foto-
search.de

Herstellung und Verlag:
BoD – Books on Demand, Norderstedt

ISBN: 9783744894432

INHALT

OMA UND ALEX

Utes Geschichte

Erster Teil: Sommer

1

Die Geschichte von Oma und Alex muss ich
euch unbedingt erzählen. Eine traurige Geschichte – aber eigentlich auch wieder nicht.
Na, entscheidet selbst!

Also: Unsere Oma ist schon ziemlich alt.
Graue Haare hat sie nicht. Vielleicht hat sie ja
welche, aber die sieht man nicht, denn sie geht
jeden Monat zum Friseur und lässt die Haare
pechschwarz färben. In ihrem Gesicht sind ein
paar Falten, aber nicht sehr viele. Wenn sie
weggeht oder uns besucht, macht sie sich die
Lippen rot und die Wimpern blau.

„Oma ist mal gerade 58", sagt Mama, „und
das ist heute doch kein Alter." 58 – das klingt
viel, finde ich. Ich bin acht, also ist sie 50 Jahre älter als ich. Puh, das ist eine ganze Menge,
oder? Aber Mama wird schon Recht haben.

Denn Oma macht manchmal total verrückte Sachen, auf die würden richtig Erwachsene gar nicht kommen.

Einmal ist sie mit mir und meinem Bruder Ole – der ist sechs – zum Einkaufen gefahren. Wir haben den Bus genommen, und beim Aussteigen ist mein Bruder aus Versehen einem Mann auf den Fuß getreten. Der hat gleich Riesenterz gemacht. Als wir ausgestiegen waren, hat sich Oma umgedreht und ihm 'ne lange Nase gemacht. Der Mann ist ganz rot geworden und hat mit der Faust gedroht, und wenn die Tür vom Bus nicht gerade zugegangen wäre, wäre er sicher hinter uns her gesprungen. Oma hat einfach nur laut gelacht.

Als Opa gestorben ist, war Oma eine ganze Weile allein. Mama sagt immer, wenn sie vom Opa spricht, er ist viel zu früh gestorben. Ich finde es auch schade, dass es ihn nicht mehr gibt. Opa war so gemütlich und kuschelig. Und in seinen vielen Taschen hatte er immer was für uns.

Jetzt hat Oma wieder einen Mann, der heißt

Alex. Die Leute sagen, das ist ihr „Bekannter". „Quatsch - Bekannter", sagt Oma. „Bekannte habe ich viele. Alex ist mein Freund, mein Liebster!" Kennengelernt hat sie ihn beim Tanzen. Sie geht nämlich jeden Mittwoch mit einer Freundin zum Tanzen. Oder besser: ging. Denn jetzt, wo sie den Alex hat, geht sie nicht mehr so oft. Und wenn, dann mit Alex und nicht mit der Freundin.

Der Alex ist echt cool. Er erzählt immer so spannende Geschichten. „Alex ist viel rumgekommen", sagt Mama. Sie mag ihn auch. „Es ist gut, dass Oma jetzt nicht mehr allein ist", meint sie, „und nur für sie ist die Wohnung auch viel zu groß." Deshalb wohnt Alex seit kurzem bei ihr. Wo er vorher gewohnt hat, weiß die Mama nicht so genau und die Oma auch nicht. Denn er ist immer nur zur Oma gekommen. Am Anfang haben sich Alex und Oma im Café getroffen oder eben beim Tanzen. Als Alex dann bei Oma eingezogen ist, hat er nur einen großen Koffer, eine Reisetasche und eine Schreibtischlampe mitgebracht. Möbel hat er nicht gehabt. Oma sagt, er hat früher möbliert gewohnt.

2

Oma und Alex unternehmen viel mit uns. Mal gehen wir ins Kino, mal in den Zirkus, mal in den Zoo. Das Eintrittsgeld zahlt immer Oma. Mama findet das nicht in Ordnung, wenigstens seinen Eintritt könnte Alex doch selber zahlen, aber Oma sagt, Alex hat im Moment keine großen Einkünfte, weil der Laden, den er gerade aufgemacht hat, nicht so gut läuft. Mama hat geseufzt und gemeint: „Na ja, Mutter (sie nennt ihre Mama, unsere Oma, „Mutter"), ist schließlich deine Sache!"

Immer wenn wir wo gewesen sind, erzählt der Alex tolle Geschichten. Als wir neulich im Zirkus waren, ist dem Alex nach der Pferdedressur eingefallen, dass er mal zwei Jahre bei einem Gestüt gearbeitet und dort auch Pferde dressiert hat.

Als wir dann nach dem Zirkus noch was trinken waren, hat Ole plötzlich gefragt: „Was ist denn ein Gestüt?"

„Ein Gestüt ist ein riesiger Stall mit vielen, vielen Pferden", hat Alex geantwortet.

„Und was hast du da gemacht?"

„Na, eben die Pferde dressiert. Und sie natürlich auch versorgt, so mit Striegeln und Mähnebürsten. Und Futtergeben und Saubermachen."

„Wie dressiert man eigentlich Pferde, Alex?" Mein Bruder hat nicht aufgehört zu fragen. Ole will immer alles ganz genau wissen. Aber das mit den Pferden hat mich auch interessiert.

Alex hat dann lang und breit erklärt, dass man ein Pferd erst an einer langen Leine herumführt. Die Leine ist am Zaum befestigt, das ist so ein Leder-Ding, das das Pferd um das Maul kriegt. Dann zieht man irgendwie an der Leine und ruft etwas, damit es weiß, was es machen soll. Je nachdem, ob es alles richtig gemacht hat oder nicht, wird es belohnt oder bestraft. Belohnt wird es mit Zuckerstückchen, weil Pferde so gern Zucker mögen, und bestrafen tut man es mit einem leichten Klaps mit dem Peitschenstiel. Hat Alex jedenfalls gesagt.

Oma war ganz erstaunt: „Das hast du mir noch

gar nicht erzählt, Alex, dass du mal auf einem Gestüt gearbeitet hast."

„Ach, Franzilein!", hat Alex geantwortet. „Ich habe in meinem Leben schon so viele verschiedene Dinge gemacht. Es würde Jahre dauern, dir alles zu berichten." Franzilein – das ist die Oma, die heißt nämlich Franziska.

„Und wann und wo war das?" Jetzt wollte es auch Oma genau wissen.

„Was?", hat der Alex gefragt. Ziemlich blöde Frage, oder? Schließlich ging's doch die ganze Zeit um dieses Gestüt.
„Na, dass du auf einem Gestüt gearbeitet hast." Omas Stimme klang jetzt leicht genervt.

„Ach so. Das war oben im Norddeutschen und ist schon sehr, sehr lange her. Ich war noch ein ganz junger Spund. So um die zwanzig."

Weiter gefragt hat Oma nicht. Mich würde allerdings interessieren, wie der Alex mit zwanzig ausgesehen hat. „Seine 56 sieht man ihm nicht an", hat Mama gesagt, nachdem der Alex das erste Mal bei uns war. „Ich hätte ihn höchstens auf Ende vierzig geschätzt. So schlank und sportlich, wie er ist. Und sein Gesicht so jung." Na ja, die Mama hat wohl andere Vorstellungen von „jung". Ich finde, jung sieht der Alex nun wirklich nicht aus. Jung ist für mich bis 20. Allerhöchstens. Und dass der Alex nicht mehr 20 ist, das sieht man sofort.

Aber gut aussehen tut er, da hat Mama Recht. Oma findet das auch. Sie kriegt immer ganz glänzende Augen, wenn sie den Alex anguckt und der das nicht merkt. „Ich hab mir den tollsten Mann aus dem Tanzkurs geangelt", hat sie mal zur Mama gesagt.

Oma ist auch noch hübsch. Groß und ganz schlank. Und die schwarzen Haare stehen ihr richtig gut. Sie trägt sie ganz glatt, so mit Pony in die Stirn. „Mutter sieht mit ihrem Pagenkopf noch richtig flott aus", hat Mama mal zu Papa gesagt, und der hat genickt und gesagt: „Ja, das stimmt. Deine Mutter ist noch eine ganz schön attraktive Erscheinung." Da hat Mama gelacht. Was es da zu lachen gab, hab ich nicht ganz verstanden.

Als wir nach dem Gespräch über die Pferde und das Dressieren und so nach Hause gehen wollten, hat Alex in seinen Jackentaschen gekramt und gekramt. Schließlich hat er verlegen gelächelt und gemeint: „Mein Portemonnaie muss zu Hause liegen, ich hab wohl vergessen, es einzustecken."

„Lass mal gut sein", hat Oma gesagt. „Ich mach das schon." Und dann hat sie der Kellnerin zugewinkt. Die ist gekommen, und Oma hat unser Eis und den Wein, den sie mit Alex getrunken hat, bezahlt.

„Gehen wir morgen wieder wo hin?", hat Ole gefragt, als wir im Bus saßen.

Oma hat gelacht und geantwortet: „Nein, mein Schatz. Morgen ist Montag, und da müsst ihr wieder in die Schule gehen und wir müssen arbeiten."

„Och, schade!", hat Ole gemault. „Wann machen wir denn wieder was?" Mein Bruder kann nie genug bekommen, das sagt Mama auch.

„Am nächsten Wochenende", hat Alex meinen Bruder getröstet. „Vielleicht gehen wir in den Zoo oder ins Kino oder ins Museum. Ihr könnt euch überlegen, was euch am meisten Spaß machen würde."

„Ja, in den Zoo!" hat Ole so laut geschrien, dass die Leute im Bus alle zu uns geguckt haben. Das war richtig peinlich. Mit Ole ist das immer so.

„Mensch, brüll doch nicht so rum!", habe ich den Ole angefahren. Ich war ziemlich wütend.

„Du hast mir gar nichts zu sagen!", hat Ole immer noch ziemlich laut gesagt. Und dann hat er vor sich hin gesungen: „Ute, die Pute – mit der großen Schnute!"

Ute, das bin ich. Immer wenn er das singt, werde ich fuchsteufelswild. Weshalb haben mir Mama und Papa nur diesen blöden Namen gegeben? Wussten die nicht, dass sich Ute auf Pute reimt? Und auf Schnute auch.

Ich wollte mich schon auf Ole stürzen, da ist

Oma dazwischengegangen. „Schluss jetzt!" Ihre Stimme war auch nicht gerade leise. „Sonst unternehmen wir am nächsten Wochenende überhaupt nichts."

3

Wir sind dann in die große Stadt gefahren und im Zoo gewesen. Ich wäre eigentlich lieber ins Museum gegangen. Da gibt es im Moment eine tolle Ausstellung über Indianer. Meine beste Freundin Maren war schon da. Aber Ole hat so ein Theater gemacht, bis er es endlich geschafft hat mit dem Zoo. Alle nehmen immer Rücksicht auf den „Kleinen". Ich soll immer vernünftig sein und nachgeben. Das finde ich total ungerecht. Aber wenigstens hat Alex versprochen, dass wir auch noch irgendwann ins Museum gehen.

Im Zoo war es dann auch ganz schön. Vor allem die Affen waren lustig, die sind rumgeturnt wie verrückt. Alex hat gleich wieder eine Geschichte parat gehabt. Vor vielen Jahren ist er mal in Südamerika gewesen und in einem

Kanu den Amazonas lang gefahren. Da hat er die Affen im Regenwald in freier Natur beobachten können.

Oma hat Alex nur mit großen Augen angeguckt. Gesagt hat sie nichts.

Aber Ole wollte natürlich alles wieder genau wissen: „War das nicht gefährlich mit dem Kanu auf dem Anakondas?" Typisch Ole. Alles schmeißt er durcheinander. Wir haben nämlich einen Tierfilm über Schlangen gesehen. Da haben sie auch Anakondas gezeigt.

„Amazonas heißt der große Fluss in Südamerika", hat ihn Alex verbessert. „Ja, das war schon nicht ganz ungefährlich. Schließlich gibt's in dem Fluss auch Kaimane – also Krokodile – und Piranhas. Von Piranhas hast du vielleicht schon mal gehört. Oder im Fernsehen welche gesehen. Das sind Fische mit ganz scharfen Zähnen. Wenn wir also mit unserem Kanu gekentert, d.h. umgekippt wären, dann wäre es uns schlecht ergangen."

„Was habt ihr denn da gemacht auf dem

Ana..., auf dem großen Fluss?", hat Ole weiter gebohrt.

„Ich war mit einem Team von Tierfilmern unterwegs", hat Alex nur kurz geantwortet.

„Hast *du* den Tierfilm gemacht?" Ole lässt nie locker, wenn er was wissen will.

„Nein, ich musste aufpassen, dass die Ausrüstung, die Kameras und Objektive und so weiter immer alle griffbereit sind und dass nichts verloren geht."

„Und wie lange warst du in Amerika?"

„Ein paar Wochen." Alex hat anscheinend keine Lust gehabt, noch viel zu erzählen. Aber ich wollte nun auch noch was wissen:

„Ist der Tierfilm dann im Kino gelaufen oder im Fernsehen?"

„Nein, Ute. Der Film ist nie fertig geworden. Denn der Forscher, der den Film machen wollte, ist schwer krank geworden und schließlich

gestorben. Die Dreharbeiten sind dann einge-
stellt worden, und wir alle sind nach Deutsch-
land zurückgeflogen."

Das ist ja eine traurige Geschichte. Sonst sind
die Geschichten vom Alex viel lustiger.

4

Wir sind dann weitergegangen zu den Eisbären. „Die armen Tiere", hat Alex gemeint, „es
ist bei uns viel zu warm für sie." Und nach einer Pause ist ihm gleich wieder was eingefallen.

„Ich hab mal Urlaub auf Grönland gemacht.
Da konnte man Eisbären, Robben und Pinguine sehen. Die waren so richtig in Form da
oben in Schnee und Eis. Aber hier – das ist ja
die reinste Tierquälerei."

Komisch, was der Alex da so erzählt.

„Wo genau liegt denn Grönland?", hab ich
deshalb gefragt.

„Ganz hoch im Norden, kurz vorm Nordpol", hat Alex erklärt.

„Aber Pinguine gibt's doch gar nicht am Nordpol, die leben doch am Südpol." Ich hab nämlich mal im Fernsehen einen Tierfilm über Pinguine gesehen, und da haben sie gesagt, dass Pinguine nur am Südpol vorkommen.

Der Alex ist ein bisschen rot geworden. Einen Moment lang hat er nicht gewusst, was er sagen soll. Aber dann hat er sich ganz schön rausgeredet.

„Gut aufgepasst, Ute, mein Kompliment. Klar, am Nordpol findest du keine Pinguine."

Warum er das dann gesagt hat, hat Alex nicht erklärt.

Die ganze Zeit über, wo wir gesprochen haben, hat Oma uns ganz interessiert angeguckt. Dann hat sie ein bisschen gelächelt und gesagt: „Ja, die Ute ist eine ganz Schlaue. Der kannst du so leicht nichts vormachen."

„Das hat sie von dir, mein Schatz!" Alex hat laut gelacht und die Oma in den Arm genommen.

Ich hätte eigentlich noch gern gewusst, ob der Alex in Grönland mit Schlittenhunden unterwegs war und ob er auch Robben gesehen hat, aber irgendwie hatte ich plötzlich keine Lust mehr zu fragen.

Auf dem Spielplatz konnte ich es meinem Bruder endlich mal heimzahlen, das mit der „Ute – die Pute". Als wir eine Weile gespielt und an den Geräten geturnt hatten und Oma und Alex nach Hause wollten, habe ich quer über den Spielplatz gebrüllt: „Ole – Popole! Wir wollen gehen! Ole – Popole!" Am liebsten hätte Ole mich gehauen, das hab ich an seinen Augen gesehen. Aber Oma hat ihn gleich abgefangen, in den Arm genommen, ihm den Sand von den Hosen geklopft und gesagt: „So, mein Kleiner, jetzt geht's wieder heimwärts. War's denn schön?" Mein Bruder hat mich wütend angesehen und nur „hmm" gebrummt.

5

Oma arbeitet als Sekretärin. Bei einem Professor in einem Institut. So genau weiß ich nicht, was das ist, ein Institut. Mama sagt: „Das ist ein toller Job." Sie selbst ist MTA. Am Krankenhaus. MTA – das heißt medizinisch-technische Assistentin. Mama muss in einem Labor Untersuchungen machen, von Blut und Pipi und noch anderen Sachen. Ich hab Mama mal gefragt, ob das nicht eklig ist. Da hat sie gelacht und mir erklärt, dass die Untersuchungen ganz wichtig sind und sie damit den Ärzten helfen würde rauszufinden, was den Kranken fehlt. Außerdem wäre es ganz spannend.

Oma sitzt an einem großen Schreibtisch in einem Zimmer ganz für sie alleine. Gleich nebenan im Zimmer sitzt der Professor. In Omas Zimmer gibt es ein Telefon mit ganz vielen Tasten und einen Computer. An dem dürfen wir manchmal spielen, wenn wir Oma auf der Arbeit besuchen und der Professor nicht da ist. Aber so spannend ist das auch wieder nicht, wir haben ja selbst einen Computer zu Hause.

Zu Oma kommen immer Leute, die wissen

wollen, wann sie den Professor sprechen können. Und das Telefon klingelt auch oft. Aber die meiste Zeit schreibt Oma etwas auf dem Computer. Briefe und ganz viele Seiten, die sich der Professor ausgedacht hat. Alle, die da noch bei dem Professor arbeiten, mögen Oma. Das merkt man gleich und das kommt, weil Oma zu allen nett ist.

Ein paar Jahre muss Oma noch arbeiten, sagt Mama. Dann kann sie aufhören und zu Hause bleiben. Vielleicht hat sie dann noch mehr Zeit für uns. Das wäre toll, denn jetzt sehen wir sie immer nur am Wochenende. Und auch da nicht immer. Weil sie manchmal allein mit dem Alex weggeht und uns nicht mitnimmt. Wenn ich dann maule, sagt Mama, dass Oma auch mal was alleine machen muss und dass ich mich nicht immer so an sie hängen soll.

Im August wollten Oma und Alex verreisen. Ans Mittelmeer zum Baden. Und zum Sonnen. Oma wollte schön braun werden. Im Winter geht sie öfters ins Sonnenstudio, damit sie nicht so weiß herumläuft. „Vornehme Blässe, das ist nicht mein Ding", hat sie mal der

Mama erklärt und gelacht. Mama hat nämlich Angst gehabt, weil das gefährlich ist für die Haut. „Leg dich da unten bloß nicht den ganzen Tag in die Sonne, Mutter!", hat Mama die Oma gewarnt, als sie gehört hat, dass Alex mit Oma in den Süden fahren will.

„Keine Sorge", hat Oma der Mama versichert. „Wir werden eh nicht die ganze Zeit am Strand verbringen. Schließlich wollen wir auch was sehen vom Land." „Na, dann bin ich ja beruhigt". Mama hat richtig aufgeatmet.

Dann ist die Stimme von Mama leise geworden. Ich hab aber trotzdem verstanden, was sie gefragt hat: „Sag mal, Mutter, wer bezahlt eigentlich die Reise? Die wird doch sicher nicht ganz billig sein."

Eine kurze Zeit war Stille. Dann hat Oma geantwortet, und man hat gehört, dass sie ärgerlich war: „Ich finde nicht, dass dich das etwas angeht, Katrin." Katrin – so heißt die Mama.

Mama hat dann gar nichts mehr gesagt. Aber am Abend hat sie mit Papa gesprochen. Die

Küchentür stand offen und die zu meinem Zimmer auch, deshalb hab ich mitgekriegt, was sie geredet haben. Na ja, die Ohren gespitzt hab ich schon, um alles zu hören.

„Du, Robert, ich mach mir ein bisschen Sorgen um Mutter." Robert – so heißt unser Papa.

„Wieso? Was gibt's denn so Besorgniserregendes?"

„Ich fürchte, der Alex ist eine große finanzielle Belastung für Mutter. Er ist ja nett und charmant und tut ihr sicher auch gut, aber ich habe den Verdacht, dass er voll und ganz auf Mutters Kosten lebt. Und jetzt die Reise, die sie machen wollen, die finanziert *sie* doch."

„Hast du sie denn mal darauf angesprochen?", hat Papa gefragt.

„Ja. Aber immer wenn ich auf das Thema zu sprechen komme, blockt sie total ab. Ich habe keine Ahnung, ob er sich an der Miete beteiligt oder mal einen Einkauf bezahlt oder sonst etwas an laufenden Kosten übernimmt. Ich vermute, das bleibt alles an ihr hängen. Aber sie ist so verliebt in ihren Alex, dass sie das alles hinnimmt, als wäre es selbstverständlich."

Papa hat wohl erst noch überlegt, was er sagen soll. Jedenfalls war es erst mal still in der Küche. Dann redete Mama weiter: „Mutter verdient ja nicht schlecht. Aber du weißt ja selber, wie viel Geld sie für ihre Kleidung ausgibt. Und so allerlei anderes. Wenn sie jetzt noch ihren Freund unterhält, übersteigt das bei weitem ihre finanziellen Möglichkeiten."

Was die Mama genau damit gemeint hat, mit den finanziellen Möglichkeiten, das hab ich nicht so ganz begriffen. Aber das mit der Kleidung stimmt. Oma geht immer voll chic angezogen, sie hat auch viele Sachen, enge Kleider und weite bunte Röcke und Blusen mit großer Schleife. Und oft kauft sie sich was Neues. Am liebsten mag ich aber ihre engen Jeans und dazu die weiße Jacke mit Kragen und silbernen Knöpfen und großen Taschen vorne drauf. Mama nennt das Bleser. Das schreibt sich, glaube ich, anders, weil es englisch ist, aber ich hab noch kein Englisch in der Schule.

Jedenfalls nicht richtig.

Nach einer Pause hat Papa dann gefragt: „Was macht eigentlich der Alex? Ich meine, beruflich."

„Ja, das ist auch so eine Sache." Mama hat richtig schwer geseufzt. „Ich habe nicht die leiseste Ahnung, und Mutter weiß es, glaube ich, auch nicht so genau."

„Du solltest einfach mal mit ihr sprechen, Kati." Papa nennt die Mama immer Kati.

„Das habe ich ja versucht. Aber sie hat gesagt: ‚Das geht dich nichts an.'"
„Das macht die Sache allerdings kompliziert", hat Papa gemeint. „Du solltest es aber trotzdem noch mal versuchen, in aller Ruhe. Ganz vorsichtig und nicht gleich mit Vorwürfen."

6
Oma ist dann mit Alex in den Urlaub gefahren. Ob Mama vorher noch mit Oma gespro-

chen hat, weiß ich nicht. Jedenfalls haben wir drei supertolle Ansichtskarten bekommen, mit Meer drauf, das ganz blau war, und Strand und weißen Häusern. Und griechischen Briefmarken. Die Karten hab ich gleich in meinem Zimmer versteckt, weil sie so schön waren und weil ich nicht wollte, dass die irgendwo verschwinden. Sonst schnappt sich nämlich Ole immer alles, was er in die Pfoten kriegt.

Als Oma und Alex wiedergekommen sind, sahen sie echt stark aus, ganz braungebrannt, Omas Augen glitzerten richtig. Sie haben viel erzählt, von dem schönen Hotel, dem Essen, dem Strand und dem Meer, das so blau war wie auf der Postkarte, und was sie alles gemacht haben. Oma hat viel gelacht und Alex immer so lieb angesehen, dass ich schon gedacht habe, die heiraten demnächst. Aber davon haben sie nichts gesagt.

Eines Abends, als wir beim Abendessen waren, hat Mama zu Papa gesagt:

„Ach übrigens – Mutter hat sich heute von mir 50 Euro geliehen."

„Na ja, vielleicht ist sie nicht mehr zur Bank gekommen." Papa war gar nicht erstaunt.

„Das hat sie mir auch gesagt, als Begründung."

Papa war wohl überhaupt nicht überrascht. „Na und?", hat er gefragt. „Was ist jetzt so schlimm daran?"

„Ich glaube ihr das nicht." Mamas Stimme klang sehr besorgt. „Ich glaube vielmehr, dass sie pleite ist."

Jetzt hat Papa doch sehr erstaunt geguckt. „Du meinst, alles Geld ist weg? Ihr Gehalt und ihr Erspartes?"

„Nein, das nun gerade nicht", hat Mama erklärt. „Das Ersparte hat sie ja fest angelegt. Aber ihr Konto ist sicher geräumt. Und so weit im Minus, dass sie im Moment von der Bank nichts mehr bekommt."

„Aber wenn das so wäre", hat Papa widersprochen, „dann hätte sie sich doch nicht nur 50

Euro geliehen. Dann hätte sie dich doch um mehr gebeten, meinst du nicht?"

„Nächste Woche ist der 15. Da hat sie ihr Gehalt wieder auf dem Konto, und bis dahin werden die 50 Euro ja vielleicht reichen."

Dann haben Mama und Papa eine Weile gar nichts mehr gesagt. Alle haben nur noch gegessen, und es war ganz still in unserer großen Küche. Sogar Ole hat die Klappe gehalten, obwohl der sonst immer drauflos plappert und jeden damit nervt. Der merkt nie, wann es besser ist, mal ruhig zu sein.

Ich hab mich gewundert, dass Mama damit angefangen hat. Mit einem Gespräch über Oma, meine ich. Denn sonst redet sie mit Papa über Oma nur, wenn wir nicht dabei sind. Ole und ich. Dass ich trotzdem eine Menge mitkriege, weil die Türen alle offen stehen, weiß sie ja nicht.

Als wir mit dem Essen fertig waren, hat Papa noch gefragt: „Hattest du eigentlich mit deiner Mutter noch vor der Reise gesprochen."

„Nein", hat Mama geantwortet. „Es hat sich keine Gelegenheit dazu ergeben."

„Wenn du so in Sorge bist, solltest du das jetzt nachholen." Für Papa war damit das Gespräch wohl beendet, denn er ist aufgestanden und hat angefangen, den Tisch abzuräumen und die Teller und alles, was schmutzig war, in den Geschirrspüler zu räumen.

7

Nach ihrer Reise sind Oma und Alex kein einziges Mal mehr mit uns weggegangen. Am Wochenende ist Oma immer kurz zu uns gekommen, mal mit Alex, mal alleine. Vom Museum, wo ich so gern hin wollte wegen der Indianer-Ausstellung, war nicht mehr die Rede. Ich hab mich nicht getraut, Oma daran zu erinnern, weil sie gar nicht mehr fröhlich aussah. Nur wenn Alex dabei war, hat sie manchmal gelacht. Aber das hat dann auch nicht so geklungen, als ob sie wirklich lachen wollte.

Einmal, als Alex dabei war, habe ich dann

doch gefragt, ob wir nicht mal ins Museum gehen könnten. Oma hat gar nicht verstanden, was ich meinte, aber Alex hat gleich Bescheid gewusst und ganz schnell versprochen: „Aber ja, kleine Ute, das machen wir demnächst, ganz bestimmt. Du kannst dich drauf verlassen. Großes Indianer-Ehrenwort!"

Das mit dem Indianer-Ehrenwort fand ich echt ein bisschen übertrieben. Alex macht gern solche Scherze. Meistens muss ich darüber lachen, aber irgendwie hatte ich an dem Tag keine so gute Laune.

Ein paar Tage später habe ich dann gehört, wie Mama mit Oma in der Küche gesprochen hat. Die Küchentür hat sowieso offen gestanden und die Tür von meinem Zimmer auch. Bei uns stehen immer alle Türen offen, meistens jedenfalls. Nur wenn ich sauer bin, manchmal auf Mama und öfter auf Ole, knalle ich die Tür zu. Aber lange bleibt sie nicht zu. Das halte ich gar nicht aus. Ich fühle mich dann so wie weggesperrt.

Mama und Oma haben über alles Mögliche

geredet, wo man jetzt Kindersöckchen im Angebot bekommt und wo die Butter gerade besonders billig ist und ob der Badeanzug, den mir Oma im letzten Jahr gekauft hat, immer noch passt oder ob ich einen neuen brauche und dass der Hund der Nachbarin gestorben ist.

„Sag mal, Mutter", hat Mama plötzlich gesagt, „was macht der Alex eigentlich, ich meine beruflich? Du hast mal etwas angedeutet von einem Laden. Was ist denn das für ein Geschäft?"

„Zusammen mit einem Freund hat er ein Geschäft gegründet, das Dienstleistungen aller Art anbietet." Omas Stimme klang, als ob sie nichts weiter mehr darüber sagen wollte.

Aber Mama hat nachgehakt: „Was denn für Dienstleistungen?"

„Na, Saubermachen, Einkäufe erledigen, Babysitten, alles Mögliche. So genau im Einzelnen weiß ich das auch nicht", hat Oma erklärt.

„Hmm", hat Mama nur gemacht. Dann hat sie weiter gefragt: „Haben die beiden denn, ich meine Alex und sein Freund, Ahnung davon, wie man so was aufzieht und organisiert?"

„Das nehme ich doch an", hat Oma geantwortet. „Sonst hätten sie sich wohl kaum für diese Art von Geschäft entschieden. Im Moment läuft die Sache wohl noch nicht so optimal. Aber sie haben ja erst vor kurzem angefangen. Das muss sich erst rumsprechen. Ich habe Alex geraten, ein bisschen mehr Werbung zu machen, mit Handzetteln oder Anschlägen im Supermarkt. Die könnte ich ihm auf dem Computer entwerfen. Alex war erst davon auch ganz begeistert, aber dann war nie mehr die Rede davon."

„Und wo ist dieses Geschäft?" Mama hat nicht locker gelassen.

„Sie haben einen Laden in der Lindenstraße gemietet, kurz vor der Buchhandlung. Aber der Laden ist so winzig, dass man glatt daran vorbeirennt, wenn man nicht weiß, wo er ist. Sie müssten viel mehr machen, damit ihr Geschäft bekannt wird."

Nach einer kurzen Pause hat Mama dann gesagt: „Ich will ja gerne glauben, dass Alex und sein Freund daran arbeiten, dass ihr Geschäft läuft. In ihrem eigenen Interesse. Aber, Mutter, ich mache mir Sorgen um dich. Ich vermute, dass du eure Reise bezahlt hast und dass du auch dem Alex Geld zusteckst. Wahrscheinlich hast du jetzt kein Geld bis zum nächsten 15. Ich hoffe sehr, dass du Alex nicht an dein Konto lässt. Weißt du, ich mag Alex gern und ich will auch nicht misstrauisch sein, aber ein bisschen Vorsicht ist schon wichtig. So lange kennt ihr euch ja noch gar nicht. Und ich möchte nicht, dass du eines Tages eine große Enttäuschung erlebst."

Nach dieser langen Rede war es erst mal still in der Küche. Dann habe ich gehört, wie Oma tief Luft geholt und kurz danach gesagt hat: „Weißt du, Katrin, eigentlich geht dich das Ganze nichts an. Ich häng mich nicht in dein Leben, und ich möchte auch nicht, dass du dich in meins einmischst. Aber da wir schon dabei sind: Du brauchst dir keine Sorgen zu machen. So leichtsinnig bin ich nicht, dass ich irgendjemand über mein Geld bestimmen lasse. Allerdings liegst du gar nicht so falsch – Alex hat mich im Urlaub tatsächlich um Geld gebeten. Für sein Geschäft. Ich habe abgelehnt und ihm erklärt, dass ich nur mein Gehalt zur Verfügung habe und alles andere festliegt. Er war wohl etwas enttäuscht, aber ich habe schon unsere Reise bezahlt – da hast du Recht. Davon muss ich mich erst einmal erholen. In den nächsten Monaten muss ich ein bisschen kürzer treten."

So ungefähr ist das Gespräch gewesen. Jedenfalls das, was ich davon verstanden habe. Mama hatte danach den ganzen Tag eine Superlaune. Am Nachmittag ist sie sogar mit Ole und mir Eis essen gegangen und hat ganz viel mit uns gelacht. Ich glaube, sie war richtig froh, dass Oma ihr Geld nicht dem Alex gegeben hat.

Zweiter Teil: Herbst und Winter

8

Danach ist Oma immer allein zu uns gekommen. So fröhlich wie sonst war sie nicht mehr. Selbst wenn sie mit uns gespielt und gelacht hat, waren ihre Augen traurig. Als ich mal nach Alex gefragt habe, hat Mama ganz kurz gesagt: „Alex ist sehr beschäftigt." Ich habe gemerkt, dass ich nicht weiter fragen sollte. Wenn Mama so einen bestimmten Ton in der Stimme hat, weiß ich, das Gespräch ist für sie beendet.

Aber ich habe natürlich wieder was gehört. Als Mama Papa erzählt hat, was sie von Oma weiß. Nämlich dass Alex jetzt immer erst ganz spät nach Hause zur Oma kommt, gar nicht sagt, wo er gewesen ist, und sich gleich ins Bett zum Schlafen legt. Früh am Morgen geht er sofort nach dem Aufstehen wieder weg, oft noch bevor Oma zu ihrem Professor fährt. Was Alex den ganzen Tag tut, weiß Oma nicht. Er ruft sie auch nicht mehr bei der Arbeit an. Das hat er früher jeden Tag gemacht.
„Wahrscheinlich ist er sauer, dass Mutter ihm

kein Geld gegeben hat. Vielleicht hatte er es ja nur darauf abgesehen", hat Mama vermutet.

„Wenn das so ist", hat Papa gesagt, „dann werden wir bald Klarheit haben." Wie er das gemeint hat, hab ich nicht ganz verstanden. Aber ich habe schon kapiert, dass irgendwie Omas Geld etwas damit zu tun hat, dass Alex jetzt so selten bei Oma ist. Und dass Oma traurig ist, weil Alex jetzt nicht mehr so nett zu ihr ist wie früher.

Dann eines Tages war Alex verschwunden. Am Abend ist er nicht zu Oma nach Hause gekommen. Am Morgen musste Oma ja zur Arbeit, aber am Nachmittag ist sie dann gleich zu dem Geschäft in der Lindenstraße gegangen. Da war der Alex auch nicht. Der Freund von Alex hat ihr gesagt, dass er nicht weiß, wo Alex ist. Überhaupt ist der Alex kaum im Laden gewesen. Das Geschäft gehört ganz allein dem Uwe, so heißt der Freund von Alex. Alex hat nur ab und zu mal im Laden aufgepasst, wenn Uwe woanders was zu erledigen hatte.

Als Oma nach Hause kam, hat sie festgestellt,

dass alle Sachen von Alex nicht mehr da waren. Auch der Koffer und die Reisetasche waren weg, nur die Schreibtischlampe stand noch auf Omas Tischchen mit den gebogenen Beinen.

„Dann ist ja wohl alles klar!", hat Papa nur gesagt.

Und Mama war gleich wieder besorgt. „Hoffentlich hat er nicht noch was mitgehen lassen", hat sie gemeint. „Wenn er noch Schlüssel hat, muss sich Mutter sofort ein neues Schloss einbauen lassen."

Ich konnte mir das gar nicht vorstellen, dass Alex so ein Klauer und Dieb sein sollte. Er war doch immer so nett und so lustig und hat all die tollen Sachen mit Oma und uns gemacht. Zirkus und Zoo und Kino und so. Nur das Versprechen mit der Indianer-Ausstellung hat er nicht gehalten. Vielleicht musste Alex ja bloß mal dringend weg, irgendwohin, um irgendwas zu erledigen. Wahrscheinlich ist er in ein paar Tagen wieder da, hab ich gedacht.

Als Oma dann am Wochenende ziemlich aufgeregt zu uns kam, war ich ganz sicher: Alex ist wieder da.

Aber es war ganz anders. Oma wollte am Wochenende ihre Perlenkette und das goldene Armband rausholen – sie trägt gerne Schmuck, vor allem, wenn sie sich schick anzieht –, und da hat sie gemerkt, dass ihr Schmuckkasten nicht mehr im Schrank ist. Sie hat überall gesucht, weil sie erst gedacht hat, sie hat ihn vielleicht woanders hingestellt, aber er war nirgends zu finden. Da blieb dann nur noch eine Möglichkeit: Alex hat den Schmuck mitgenommen.

Oma hat sehr geweint, und Mama musste sie lange in der Küche trösten. Für Oma war alles so schrecklich, weil Alex immer so lieb zu ihr gewesen ist und sie ihn so gern gehabt hat. Dass sie sich so hat täuschen können, hat sie immer wieder geschluchzt. Wie hat sie nur in ihrem Alter noch auf so einen Schwindler reinfallen können.

Mama hat sie beruhigt: „Das hat doch mit dem

Alter nichts zu tun, Mutter", hat sie gesagt, „wir haben Alex doch auch alle gern gemocht und nichts vermutet. Nur dass er sich alles von dir hat bezahlen lassen, das fand ich nicht in Ordnung. Aber ich hab wie du gedacht, dass er halt im Moment in finanziellen Schwierigkeiten steckt."

Und als Oma nichts darauf geantwortet hat, hat Mama weiter auf sie eingeredet: „Weißt du, solche Leute verstehen es eben, sich ganz charmant und liebenswürdig zu geben. Du musst dir da wirklich nichts vorwerfen. Ein Glück nur, dass du ihm kein Geld gegeben hast. Wahrscheinlich ist er deshalb auch so sang- und klanglos verschwunden. Weil bei dir nichts mehr zu holen war. Sei froh, dass alles noch einigermaßen glimpflich abgelaufen ist."

Oma hat immer noch nichts gesagt. Nach einer Weile hat Mama dann gefragt: „Hast du dich schon um ein neues Schloss gekümmert?"

„Ja", hat Oma geseufzt, „gestern hab ich mir ein neues einbauen lassen."

„Und willst du wegen des Schmucks zur Polizei gehen?"

„Nein, ich denke nicht", hat Oma gemeint, „das ist mir zu peinlich. Außerdem bin ich jetzt nicht mehr sicher, ob Alex Schumann sein richtiger Name ist. Vielleicht heißt er ja ganz anders. Ich hab mir schließlich nicht seinen Pass zeigen lassen, als wir uns kennengelernt haben."

9

Alex ist nie wieder aufgetaucht. Mama vermutet, dass er jetzt in einer anderen Stadt versucht, einer anderen Frau Geld aus der Nase zu ziehen. Ich hab lange geglaubt, er würde eines Tages doch wieder aufkreuzen. Er war doch so nett, nicht nur zur Oma, auch zu Ole und mir. Und er hatte doch ganz fest versprochen, mit uns in die Indianer-Ausstellung zu gehen. Inzwischen hab ich eingesehen, dass er nicht mehr kommt.

Aber eins muss ich mal sagen: Ich finde das

richtig gemein von dem Alex, dass er nur Omas Geld wollte. Dann hat er Oma gar nicht richtig lieb gehabt. Und uns auch nicht. Nur so getan als ob, das hat er. Ich mag ihn jetzt auch nicht mehr. Mit so einem will ich nichts zu tun haben.

Oma war noch eine ganze Weile traurig. Sie hat zwar nicht geweint, aber oft hat sie dagesessen und mit ganz komischen Augen in die Ferne geguckt, so als ob sie gar nichts richtig sehen würde. Ich glaube, sie war dann irgendwie ganz woanders. Wenn ich laut mit ihr geredet oder sie ein bisschen am Arm angeschuckelt habe, kam sie jedes Mal wieder zurück zu mir. Sie hat ein bisschen verlegen gelächelt und gefragt: „Ja, Ute-Schatz, was ist denn?"

Mich hat das auch ganz traurig gemacht. Ich habe schon überlegt, ob ich die ganze Geschichte der Julia schreibe. Julia, das ist unsere große Schwester, die ist fast 14 und seit einem Jahr im Internat. Sie hat das so gewollt, denn sie hatte sehr schlechte Noten und auch Stress mit einigen aus der Klasse. Sie hat halt ihren eigenen Kopf. Jedenfalls sagt Papa das.

Julia ruft jeden Samstag an und spricht mit Mama und Papa. Mit mir und Ole ganz selten. Das ist zu teuer. Denn sie bezahlt die Gespräche auf ihrem Pripähd-Handy von dem Taschengeld, das Papa ihr schickt. Schreiben tun wir uns nur ganz selten. Julia hat keine Zeit, weil sie so viel lernen muss, und ich schreibe nicht gern Briefe. Aber als Oma so traurig war, hab ich schon überlegt, ob ich Julia die Geschichte erzählen soll. Ich hab es dann doch nicht getan, weil – die ganze Sache von Anfang an bis zum Ende, das wäre ja ein halber Roman geworden und ich hätte mir die Finger wundgeschrieben.

Eines Tages, es war ein Samstag, saßen wir mit Mama, Papa und Oma in der Küche beim Kuchenessen, da hat Ole plötzlich gefragt:

„Oma, gehst du jetzt wieder tanzen?"

Meine Güte, Ole weiß wirklich nie, was man fragen kann und was nicht. Wo doch Oma Alex beim Tanzen kennengelernt hat. Da wird sie doch dauernd an ihn erinnert, wenn sie wieder tanzen geht. Ole ist wirklich manchmal noch wie ein Baby. Der kapiert überhaupt nix.

Als Ole das gefragt hat, war es erst mal still in der Küche. Aber dann hat Oma gelacht und geantwortet:

„Nein, das wohl nicht. Dazu habe ich im Moment keine Lust. Ich habe etwas anderes vor. Habt Ihr Lust, in den Winterferien mit mir zu verreisen?"

Ich war erst mal baff. Mit Oma wegfahren, das wäre super! „Wohin willst du denn mit uns fahren?", habe ich gefragt. Ich war so aufgeregt, dass ich glaube, ich habe ein bisschen gestottert.

„Wir könnten in den Schnee fahren", hat Oma erklärt. „Ihr würdet vormittags einen Skikurs machen, und am Nachmittag könnten wir Schlittschuh laufen oder rodeln oder ein bisschen herumgehen. Was haltet ihr davon?"

Bei der Frage hat sie Ole angesehen, denn der saß ganz still da und hat keinen Pieps gesagt. Außerdem hat er ein Gesicht gemacht, als müsste er jetzt einen ganzen Teller Spinat essen. Den mag er nämlich nicht.

„Nur mit dir? Ohne Mama und Papa?" Oles Stimme klang so, als ob Papa oder Mama ihn gerade fürchterlich ausgeschimpft hätten, weil er wieder irgendeinen Unsinn verzapft hat.

„Ja, nur mit mir, Ole. Die Eltern haben keinen Urlaub im Winter. Den wollen sie sich aufheben für eure große Sommerreise. Es ist ja auch nur für eine Woche."

Jetzt wurde es mir aber doch zu blöd. „Mensch, Ole", hab ich fast gebrüllt, „das ist einfach toll, wir können Ski fahren lernen. Und du fährst doch so gern Schlitten. Das geht da sicher viel besser als hier auf unserem Minihügel. Und wann haben wir hier schon so viel Schnee, dass wir rodeln gehen können?"

„Ja, aber ...", hat Ole angefangen.

„Was aber?" Jetzt war ich richtig wütend. „Ich weiß nicht, was du hast, Ole. Es ist doch Spitze, mit Oma zu verreisen. Eine Woche lang

46

haben wir sie nur für uns. Von morgens bis abends. Wir werden -"

„Nun mach mal einen Moment Pause, kleine Lady!", hat mich Papa unterbrochen. Er nennt mich oft „kleine Lady". „Ute" sagt er eigentlich nur, wenn er böse auf mich ist.

„Wir wollen doch mal hören, was Ole gegen eine Reise mit der Oma einzuwenden hat. Also, Ole, was gibt's?", hat Papa gefragt. „Du bist doch schon ohne uns weggefahren, damals mit der Kinderladengruppe, und wenn ich mich recht erinnere, dann hat dir das sehr gut gefallen."

Mir dämmerte inzwischen, dass es gar nicht um Mama und Papa ging. Ich schätze mal, Ole kann nicht eine ganze Woche lang ohne seine Computer-Spiele leben. Wenn Mama mittags von der Arbeit nach Hause kommt und wir schon da sind, muss sie Ole immer vom Computer wegholen. Ich schätze mal, dass Ole so schnell lesen gelernt hat, das war nur, weil er endlich auch die Spiele machen wollte, wo man vorher was durchlesen muss.

„Ich find's doof, in den Winterferien zu verreisen. Zu Hause ist es viel gemütlicher. Und außerdem, meine Freunde fahren auch nicht weg", hat Ole gemault.

„Typisch!" Ich kam jetzt so richtig in Fahrt. „Hab ich doch gleich gewusst, es geht gar nicht um Mama und Papa. Gibs zu! Du willst nicht weg von deinem blöden Computer. Immer sitzt du vor der Kiste. Dabei könnte dir ein bisschen mehr Bewegung gut tun. Das sagt Mama auch. Und eine Woche lang nur Schnee, das ist doch Spitze."

Weil Ole gar nichts mehr gesagt hat, hat Papa auf ihn eingeredet: „Weißt du, Ole, mit deinen Freunden kannst du dich doch das ganze Jahr über verabreden. Und der Computer läuft auch in der Zwischenzeit nicht weg. Ich finde, das ist ein tolles Angebot von Oma, eine Woche mit euch zu verreisen. Meinst du nicht?"

„Na gut", hat Ole schließlich gemault, „dann fahre ich eben mit."

10

Wir sind dann mit Oma in die Berge gefahren. Nach Österreich. Gewohnt haben wir in einem ganz kleinen Hotel, wo es nur vier Zimmer gab. Oma hat immer Pangsjon dazu gesagt. In dem Zimmer, das uns gehörte, stand ein riesengroßes Bett, und wir haben alle drei darin geschlafen. Das war vielleicht gemütlich! Morgens vor dem Aufstehen haben wir immer mit Oma gekuschelt, und abends vor dem Einschlafen hat sie uns was vorgelesen. Danach ist sie aber noch mal in den Raum gegangen, in dem wir immer gefrühstückt haben. Da konnte man auch abends sitzen und sich mit den Leuten aus den anderen Zimmern unterhalten. Oma hat uns am ersten Tag gezeigt, wo sie dann abends sitzt, und gesagt, dass wir einfach zu ihr kommen können, wenn was ist.

Der Skikurs war Klasse. Selbst Ole hat Ski fahren gelernt, obwohl er zu Anfang gar keine Lust hatte. Am Ende konnte er es richtig gut. Und ich sowieso. Mir hat das ja von Anfang an Spaß gemacht.

Oma ist in keinen Skikurs gegangen. „Das ist

nichts mehr für mich", hat sie erklärt. „Wenn man so alt ist wie ich und noch Ski fahren will, bricht man sich nur die Knochen. Ich werde vormittags, wenn ihr beschäftigt seid, ein bisschen durchs Dorf schlendern."

Mittags hat Oma uns immer vom Skikurs abgeholt und ist mit uns im Dorf herumgebummelt, bevor wir in unsere Pangsjon mussten, weil es Essen gab. Manchmal hat uns Oma was gekauft, eine Zeitschrift oder ein Buch oder was zum Naschen. Nach dem Essen haben wir uns ein Weilchen aufs Bett gelegt. Ole war nach dem Skilaufen müde und hat geschlafen, und Oma und ich, wir haben gelesen. Am Nachmittag sind wir entweder zur Eisbahn oder zur Rodelbahn gegangen. Oma kann ganz toll Schlittschuh laufen, aber Ole ist oft hingeflogen. Deshalb haben Oma und ich ihn meistens in die Mitte genommen.

In der Pangsjon hat in dem Zimmer gleich neben uns ein alter Herr gewohnt. Am ersten Morgen, als wir zum Frühstück kamen, saß er schon da, am Tisch neben unserem. Er hat Oma mit großen Augen ganz lange angesehen, dann ist er aufgestanden, hat Oma die Hand gegeben und gesagt, dass er Dieter Neumeier heißt. Oma hat uns alle auch vorgestellt.

Während des Frühstücks haben Oma und Herr Neumeier immerzu geredet. Ununterbrochen. Wir konnten Oma kaum sagen, was wir aufs Brötchen haben wollten. Herr Neumeier kommt nämlich aus der selben Stadt wie wir, und er wohnt ganz in unserer Nähe, und er bleibt noch eine Woche, und seine Frau ist vor zwei Jahren gestorben, und vielleicht fahren wir jetzt mit ihm zusammen nach Hause.

Herr Neumeier ist sehr angenehm, hat Oma gesagt. Sie meint damit, er ist nett. Ich finde den auch ganz nett, aber aussehen tut er längst nicht so schön wie Alex. Der Alex hatte braune Locken und war ganz groß und schlank. Der Herr Neumeier ist auch groß, aber ein bisschen dick, so mit einem Bauch, und vorne hat er fast gar keine Haare mehr. Im Gesicht hat er auch viel mehr Falten als Alex. Und so tolle Abenteuergeschichten erzählt er auch nicht. Dafür hat er ganz viel von den Enkelkindern geredet, die er hat. Die sind ungefähr genauso alt wie wir, und er hat gemeint, wir könnten sicher toll zusammen spielen, wenn wir wieder zu Hause sind.

Manchmal haben wir uns mit dem Herrn Neumeier im Dorf getroffen, nachmittags, wenn wir vom Rodeln oder von der Eisbahn kamen. Wenn wir dann noch was trinken waren, hat immer der Herr Neumeier alles gezahlt, auch für Oma und für uns.

Ole hat gleich wieder mal was wissen wollen. Eines Abends hat er Oma gefragt – der Herr Neumeier war zum Glück nicht dabei, das wäre sonst ganz schön peinlich gewesen:

„Du Oma, der Herr Neumeier, ist das jetzt dein Freund, dein Liebster?"

Oma hat gelacht und geantwortet: „Nein, Ole, so schnell geht das nicht. Aber Herr Neumeier ist ein ganz lieber Mensch. Ich mag ihn sehr. Und ich glaube, er hat mich auch gern. Vielleicht wird er dann ja eines Tages mein Freund."

„Na ja", hat Ole überlegt, „so toll aussehen wie der Alex tut er ja nicht. Aber irgendwie find ich ihn netter. Ich weiß auch nicht, warum. Und immer bezahlt er alles, wenn wir wo hingehen."

Da musste die Oma mächtig lachen: „Ja, da hast du Recht, Ole. Herr Neumeier ist zwar nicht so aufregend wie Alex, und solche Abenteuergeschichten, die er angeblich erlebt hat, erzählt er auch nicht. Aber das, was Alex gemacht hat, so einfach sang- und klanglos verschwinden, das würde Herr Neumeier nie und nimmer tun. Da bin ich mir ganz sicher. Und mein Geld will er auch nicht haben, das braucht er nicht."

11

Dass Oma abends mit Herrn Neumeier im Frühstücksraum sitzt und sich unterhält, das hab ich schon am zweiten Abend mitgekriegt. Da hat nämlich Ole ein Riesentheater veranstaltet, weil er Bauchschmerzen hatte. Ich glaube allerdings, er hatte einfach nur zu viel von den Lakritzstangen gegessen. Wenn Mama wüsste, wie viel Süßes er hier in sich reinstopft, dann gäbe es sicher Krach. Oma passt gar nicht richtig auf, wenn sie uns Schokolade oder Bonbons kauft, wie schnell Ole alles verputzt hat.

Jedenfalls bin ich in den Frühstücksraum gesaust, um Oma zu holen. Weil Ole so genervt hat und ich nicht wusste, was ich machen sollte. Und da saß sie dann, mit Herrn Neumeier. Die beiden haben mich erst gar nicht gesehen, so haben sie geredet. Und gelacht. Als ich dann am Tisch vor ihnen stand, hat Oma mich einen Moment lang angeguckt, als ob sie mich nicht kennen würde, aber dann hat sie mich ganz lieb angelächelt und gefragt:

„Was ist denn Ute-Maus, kannst du nicht schlafen?"

„Doch – nein – Ole. Er hat so dolle Bauchschmerzen."

„Ach du liebe Güte!" Oma ist aufgesprungen. „Ich komme gleich wieder", hat sie noch zu

Herrn Neumeier gesagt und ist mit mir in unser Zimmer gelaufen.

Und da hat doch Ole tatsächlich seelenruhig in unserem großen Bett gelegen und – geschlafen.

„Ich glaub's ja nicht! Eben hat er noch so ein Theater gemacht und jetzt schläft er einfach." Mit Ole hat man wirklich nur Ärger. Wie stand ich denn jetzt da? Oma musste ja denken, ich hätte mir das nur ausgedacht, weil ich gucken wollte, was sie macht.

Aber Oma war gar nicht böse. Sie schien froh zu sein. „Ein Glück, dass alles in Ordnung ist mit Ole. Ich hab einen ordentlichen Schrecken bekommen." Dann hat Oma mich angesehen und gesagt: „Und du kannst jetzt auch in Ruhe schlafen, kleine Maus. Ab mit dir ins Bett!"

Sie hat mich noch zugedeckt und mir einen Kuss gegeben, und dann ist sie wieder zu Herrn Neumeier gegangen. „Du weißt ja, wo ich bin", hat sie noch gesagt, „gleich nebenan im Frühstücksraum."

12

Weil es uns so gut gefallen hat, auch dem Ole, sind wir zwei Tage länger geblieben. Nach Hause gefahren sind wir mit Herrn Neumeier, der war wirklich toll auf der Reise. Fast die ganze Zeit hat er mit uns gespielt und uns vorgelesen. Im Speisewagen waren wir auch. Ole hat Nudeln mit Tomatensoße gegessen und ich Pommes mit Fleisch. Herr Neumeier hat wieder alles bezahlt. Es hat sicher viel gekostet, denn Oma wollte nicht, dass er für uns zahlt.

„Das geht nicht, Dieter, dass du immer für uns mitbezahlst. Mir ist das unangenehm", hat Oma gesagt.

Aber Herr Neumeier hat sich gar nicht darum gekümmert. „Lass das mal meine Sorge sein, Franziska", hat er gemeint. „Ich kann mir das durchaus leisten. Und mir macht es Spaß, es ist fast so, als wäre ich mit meinen eigenen Enkelkindern unterwegs. Ihr habt mir einen wunderschönen Urlaub bereitet, einfach, weil ihr da wart. Sonst hätte ich die Tage allein verbringen müssen, denn meine Enkelkinder sind mit ihren Eltern unterwegs."

Mann o Mann, die duzen sich ja inzwischen, hab ich gedacht. Gesagt hab ich nichts. Denn eigentlich fand ich das ganz o.k.

Nach einer Weile hat Herr Neumeier noch gesagt: „Weißt du, Franziska, ich bin so froh, dass ich dich kennengelernt habe. Und ich hoffe, dass wir auch weiterhin in Verbindung bleiben. Zu meinen Kindern habe ich zwar eine gute Beziehung, ich sehe sie und die Enkelkinder regelmäßig, aber sie haben ihre Arbeit, ihr eigenes Leben. Ich bin doch oft allein. Du und ich, wir beide könnten eine Menge zusammen erleben. Was meinst du, Franziska?"

Zum ersten Mal hab ich gesehen, dass Oma rot geworden ist. „Ja, Dieter, ich fände es auch schön, wenn wir uns oft sehen könnten", hat sie geantwortet.

War das jetzt eine Liebeserklärung von den beiden?, hab ich mich gefragt. Dass sie sich lieben, haben sie zwar nicht gesagt, nicht direkt, aber irgendwie …

* * *

Inzwischen haben wir wieder Sommer. Oma und Dieter, wir sagen schon lange „Dieter" zu ihm, sind immer noch zusammen. Sie sehen sich ganz oft. Dieter ist nicht bei Oma eingezogen. Braucht er auch nicht, er wohnt ja gleich um die Ecke von Oma. Sie gehen oft weg, mal mit uns, mal ohne uns, mit uns aber nicht so oft wie Oma und Alex. Ich finde das nicht schlimm, denn ich unternehme jetzt viel mit meinen Freunden am Wochenende; nur Ole mault manchmal, der langweilt sich immer, wenn er nicht am Computer sitzen darf.

Mit den Enkelkindern von Dieter treffen wir uns auch ab und zu. Die sind ganz in Ordnung, vor allem Rita und Nele, der Flori geht auch noch, aber der Julian ist ein bisschen doof, Ole streitet sich immer mit ihm. Jedes Mal geht es gleich los, wenn die beiden sich sehen. Na ja, Ole ist ja auch so ein Kapitel für sich.

Mama und Papa sind froh, dass Oma den Dieter hat. Sie ist nämlich jetzt immer gut gelaunt, na ja, fast immer. Jedenfalls merkt man, dass sie sich wohl fühlt. Zum Tanzen geht sie nicht mehr, dafür einmal im Monat mit dem

Dieter zum Kegeln. Auch sonst machen sie viele Sachen zusammen.

Und nun müsst ihr selbst entscheiden, ob das eine traurige Geschichte war oder nicht.

MAMA UND PAPA

Julias Geschichte

1

Hallo, ich bin Julia. In Utes Geschichte komme ich so gut wie gar nicht vor. Das liegt daran, dass ich ein Jahr lang nicht zu Hause gelebt habe. Nachdem es in der Schule mit mir immer weiter bergab ging und auch die Leute aus der Klasse nicht besonders freundlich zu mir waren, habe ich gemeint, in einem Internat würde sich schon alles wieder richten.

Mama und Papa waren nicht sonderlich angetan von meinem Plan. Mama fand es schlicht und einfach zu teuer, und Papa hat das Ganze sowieso für eine Schnapsidee gehalten. Na, und Ute und Ole konnten überhaupt nicht verstehen, dass ich von zu Hause weg wollte. Dabei wollte ich gar nicht weg von zu Hause, ich konnte nur diese Schule nicht mehr ertragen.

Mama hat vorgeschlagen, die Klasse zu wechseln. Dagegen habe ich mich mit Händen und Füßen gesträubt, denn dann hätte ich ja die bekannten Figuren trotzdem jeden Tag gesehen. Sowohl die Lehrer als auch die Leute aus der alten Klasse. Ein Schulwechsel kam nicht in Frage, denn in unserer Stadt gibt es nur zwei Gymnasien, und das andere ist ein humanistisches mit Latein und Griechisch. Ich habe aber in all den Jahren Englisch und Französisch gelernt, wenn auch nicht besonders gut, das muss ich zugeben.

Jeden Tag in die nächste Großstadt mit mehreren Gymnasien zu fahren, das hätte zu viel Zeit gekostet. Was blieb also übrig? Nur ein Internat. War ja von Anfang an mein Reden.

Schließlich hat Papa zur Mama gesagt: „Ach Kati, du weißt doch, wenn sie sich was in den Kopf gesetzt hat, dann rückt sie sowieso kein bisschen mehr davon ab. Im Internat wird sie einen streng geregelten Tagesablauf haben. Da kann sie nicht die Hausaufgaben auf morgen oder irgendwann verschieben. Vielleicht tut ihr ein bisschen Disziplin mal ganz gut."

Das Argument fand ich zwar nicht gerade berauschend, aber wenigstens hatte ich mein Ziel erreicht.

Wir haben dann ein Internat gefunden, das nicht so teuer war, wie Mama befürchtet hatte. Aber es war ziemlich weit weg von unserer Stadt. So schnell mal in den Ferien oder gar am Wochenende nach Hause hopsen, das war nicht drin. Nur in den Sommerferien konnte ich mit der Familie zusammensein. Papa hat mir zwar immer Geld fürs Telefon geschickt, aber zu mehr als einem Gespräch in der Woche hat es nicht gereicht.

Im Internat habe ich mich sehr wohl gefühlt, das muss ich schon sagen, und meine Leistungen haben sich phänomenal verbessert. Die meisten Leute waren echte Kumpel, Mädchen wie Jungen, und ich habe dort viele Freunde gehabt. Mit einigen bin ich auch weiter in Verbindung.

Aber auf Dauer haben mir Mama und Papa doch sehr gefehlt und – komisch - auch Ute und Ole, obwohl die manchmal tierisch nerven können. Ein Jahr hat gereicht. Jetzt bin ich wieder zu Hause. Ja, auch wieder in der selben Schule, aber in der Parallelklasse. Weil ich ganz fit bin in fast allen Fächern, gibt es mit den Lehrern keinen Stress mehr, und die Leute in der Klasse sind ganz okay. Die aus meiner alten Klasse sehe ich eigentlich nur in der großen Pause auf dem Schulhof und auch das nur von ferne.

Ich bin jetzt fast 15. Keine Schönheit, aber schlecht sehe ich auch nicht gerade aus. Im letzten Jahr bin ich noch ein bisschen gewachsen. Weil mir das Essen im Internat oft nicht geschmeckt hat (das Essen war das einzige, was mir da nicht gefallen hat), sind ein paar Pfunde von Hüften und Po weggeschmolzen. Das war nötig. Und die langen Zotteln hat mir Ronja (ja, richtig, wie die Räubertochter), die mit mir in einem Zimmer gewohnt hat, abgeschnitten, so auf Schulterlänge. Das steht mir viel besser.

Die Erwachsenen sagen oft, aufs Aussehen kommt es nicht an. Aber das stimmt nicht. Als ich das erste Mal vor der Parallelklasse stand und der Lehrer mich vorgestellt hat, hab ich genau gesehen, wie alle mich taxiert haben, mit abschätzenden Blicken – na, wie sieht die denn so aus? -, aber ich habe die Prüfung wohl bestanden, denn in der Pause sind gleich ein paar Leute auf mich zugegangen und haben mich ausgefragt. Ob ich gerade hierher gezogen bin, wo ich vorher war und warum ich unbedingt ins Internat wollte.

Ein Junge hat sich von Anfang an besonders für mich interessiert. Er heißt Nils, ist ein ganzes Stück größer als ich und hat rotbraune Locken und viele Sommersprossen. Die findet er ätzend. Aber ich finde die total süß.

Seit ein paar Monaten sind wir zusammen.

2

Als ich nach Hause gekommen bin, haben mir Ute und Ole die Geschichte von Oma und Alex brühwarm erzählt. Ich hatte meine Koffer noch nicht ausgepackt, da wusste ich schon alles. Auch die Story, wie Oma im Ski-Urlaub einen neuen Mann kennengelernt hat. Inzwischen habe ich den Dieter Neumeier bei Oma erlebt, wir haben alle zusammen Kaffee getrunken und meine Rückkehr gefeiert. Ja, der Dieter ist wirklich in Ordnung.

Zu Hause war erst einmal alles wie früher. Mama ist um sieben zu ihrer Arbeit ins Krankenhaus gegangen, Papa hat uns das Frühstück gemacht, und wir Kinder sind auf den letzten Drücker in die Schule gehetzt. Danach musste Papa auch los. Er arbeitet im Außendienst als Pharma-Vertreter. Das heißt, er besucht Ärzte und erklärt ihnen die Medikamente, die die Firma, für die er arbeitet, herstellt. Und hofft natürlich, dass die Ärzte sie den Patienten verschreiben. Ein paar Muster hat er gleich dabei, damit der Arzt die Wirkung bei seinen Patienten ausprobieren kann.

Das ist ein ziemlich harter Job. Wenn die Firma ein neues Medikament auf den Markt bringt, muss Papa den Ärzten stundenlang erklären, welche Stoffe drin sind, wie das Mittel wirkt, was alles zu beachten ist, wenn der Patient noch andere Medikamente einnimmt. Und zum Schluss sagt der Arzt womöglich, er ist nicht interessiert an dem Arzneimittel. Na ja, vielleicht nicht so direkt. Aber Papa merkt das, wenn er den Arzt nicht überzeugen konnte.

Oft muss er regelrecht kämpfen, um überhaupt einen Termin zu bekommen. Manche Ärzte empfangen ihn erst nach der Praxis-Zeit. Da kann es spät werden, bis Papa zu uns nach Hause kommt.

Ich erzähle das über Papa so ausführlich, damit ihr versteht, weshalb zu Anfang niemand bemerkt hat, dass irgendwas anders war als sonst.

Wie gesagt, Papa kommt oft spät nach Hause. Aber nicht jeden Tag. Ab einer gewissen Zeit wurde es immer ein bisschen später. Und das fast jeden Tag. Zuerst hat sich keiner von uns was dabei gedacht. Auch Mama nicht.

Einmal, als Papa erst nach zehn Uhr eintrudelte – Ute und Ole waren längst im Bett und schliefen, und wieder mal standen bei uns, wie so oft, die Türen offen -, hat Mama etwas ärgerlich zu Papa gesagt:

„Meine Güte, Robert, es wird ja immer später. Kannst du nicht mal deinen großen Medizinern erklären, dass du eine Familie hast und nicht bis tief in die Nacht mit ihnen palavern willst?"

Papa hat leicht gereizt reagiert: „Kati, du weißt, dass es nicht nur die Gespräche sind. Da sind auch noch die Fahrzeiten. Schließlich praktizieren nicht alle Ärzte, die ich besuche, hier in unserem Kaff."

Das Wort „Kaff" hatte Papa im Zusammenhang mit unserer Stadt noch nie benutzt. Klar, unsere Stadt ist nicht groß, so um die 50 Tausend Einwohner, aber als Kaff würde ich sie nun auch nicht gerade bezeichnen. Ich denke, Papa war einfach sauer wegen Mamas Begrüßung und wollte seinem Ärger Luft machen.

Papa hat dann noch eins draufgesetzt und der Mama vorgehalten: „Und im übrigen – ich arbeite so viel und so lange, damit es euch gut geht, damit unseren verwöhnten Kindern jeder Wunsch erfüllt werden kann. Und du profitierst ja letzten Endes auch von meinem guten Einkommen, Kati."

Mama war völlig verwirrt: „Was soll denn das jetzt, Robert? Ich meine doch nur, dass die Beratungen nicht immer am Abend stattfinden müssen. Früher hast du doch auch Termine in die Mittagszeit legen können. Und was das Arbeiten angeht - ich beteilige mich übrigens auch am Familieneinkommen."

Papa hat kurz aufgelacht und geantwortet: „Von deinem Gehalt könnten wir uns wohl kaum unseren großen Jahresurlaub leisten. Und das Haus auch nicht. Und ein Jahr Internat für Julia wäre auch nicht drin gewesen."

Dass Papa mir nun mit die Schuld gab, dass er so hart arbeiten muss, fand ich echt gemein.

Mama ist dann in die Küche gegangen. Vorher hat sie noch gesagt: „Ich denke, wir beenden das Gespräch. Du bist offenbar schlecht gelaunt und willst mich nicht verstehen. – Hast du unterwegs gegessen?"

„Nein", hat Papa kurz erwidert.

Ob Mama Papa noch was zu essen gemacht hat, weiß ich nicht, denn ich habe meine Tür geschlossen. Das war oberunfair von Papa, mir ein schlechtes Gewissen zu machen (obwohl er ja nicht wusste, dass ich das Gespräch mit angehört hatte). Falls der Streit zwischen den beiden noch weiterging – ich wollte jedenfalls nichts mehr davon mitbekommen.

3

Die nächsten Tage war Papa früher zu Hause. Ich war mit Nils unterwegs, oder wir machten unsere Hausaufgaben gemeinsam, mal bei ihm, mal bei mir. An die Diskussion, die ich unfreiwillig verfolgen konnte, dachte ich nicht mehr.

Bis wir an einem Samstag alle am Frühstückstisch in der Küche saßen und Papa uns eröffnete:

„Übrigens – ich muss heute noch mal los. Dr. Walzer hat mich gefragt, ob ich nicht am Samstag in seine Praxis kommen könnte, um ihm das neue Medikament vorzustellen. In der Woche ist er immer völlig ausgelastet mit Praxis und Hausbesuchen. Jetzt ist auch noch seine Sprechstundenhilfe krank geworden, und er muss die Abrechnung zum Quartalsende allein machen."

Mama hat Papa ganz überrascht angesehen und gefragt: „Aber wir wollten doch heute nach einem Regal für Ole und nach Teppichboden für Utes Zimmer suchen. Hast du das vergessen?"

„Nein, natürlich nicht. Aber hat das nicht bis zum nächsten Wochenende Zeit?"

„Sicher. Wir können das auch am nächsten Samstag erledigen. Nur muss ich dann unseren Besuch bei deiner Mutter absagen und sie auf später vertrösten. Wann dann allerdings ein Treffen zustande kommt, weiß ich nicht. Denn deine Mutter ist ja immer sehr beschäftigt mit all ihren Ehrenämtern."

„Oh, ich will aber zur Oma fahren! Wir waren so lange nicht da", hat Ole laut protestiert.

„Du hältst jetzt mal den Mund, Ole", hat Papa Ole angefahren. „Du hast hier gar nichts zu entscheiden."

Dass Papa so scharf reagiert hat, war ungewöhnlich, denn sonst unterstützt er unseren „Kleinen" immer und ermutigt ihn, seine Meinung zu sagen. Ute und ich neigen nämlich dazu, ihn abzuwürgen oder nicht ganz ernst zu nehmen, wenn er in seiner forschen Art vorprescht.

Dann hat sich Papa an Mama gewandt: „Wir müssen gar nicht absagen, Kati. Schließlich haben das Regal und der Teppichboden ja vielleicht auch noch 14 Tage Zeit. Haben wir die Sache so lange vor uns hergeschoben, kommt es auf die zwei Wochen auch nicht mehr an. Heute geht es jedenfalls nicht. Ich habe Dr. Walzer den Termin zugesagt und ich werde die Verabredung einhalten."

Damit war für Papa die Sache anscheinend erledigt. Aber Ole hat sich gleich wieder eingemischt und gemault: „Ich habe schon so lange auf mein Regal gewartet. Und jetzt soll das noch mal zwei Wochen dauern? Ihr seid richtig gemein! Immer geht es nur um eure Sachen!"

„Schluss jetzt mit der Diskussion!", hat Papa ziemlich laut gesagt und ist aufgestanden. „Ich muss jetzt los. Wartet mit dem Mittagessen nicht auf mich. Ich weiß noch nicht, wann ich nach Hause komme."

Und dann ist Papa gegangen, und Mama hat ihm nur entgeistert hinterhergeschaut. Sie war sprachlos. Nach einer Weile hatte sie sich gefasst und sie hat angefangen, den Tisch abzuräumen. Gesagt hat sie nichts. Nur ganz in Gedanken versunken das Geschirr in die Spülmaschine geräumt. Es herrschte totale Stille in der Küche. Bis auf das Klappern vom Geschirr. Selbst Ole hat ausnahmsweise mal den Mund gehalten.

Aber schließlich hat er es nicht mehr ausgehalten und gefragt: „Warum ist denn Papa so sauer? Eigentlich hätten wir viel mehr Grund, sauer zu sein. Immer geht es nur um seine blöde Arbeit. Und alle müssen sich danach richten."

Mama hat kurz aufgelacht und gesagt: „Ole, euer Vater arbeitet so viel, damit er euch all eure Wünsche erfüllen kann, damit wir alle in Urlaub fahren und uns das Haus leisten können. Das hat er jedenfalls gesagt. Und da kannst du froh und dankbar sein, Ole, dass du so einen fleißigen Vater hast."

In Mamas Stimme lag ein leiser ironischer Unterton. Den hat Ole aber gar nicht mitgekriegt.

„Wieso? Du arbeitest doch auch, nicht nur Papa", hat er widersprochen, „und du bist nicht abends weg und am Wochenende schon gar nicht."

Mama hat kein Wort mehr dazu von sich gegeben.

4

Kurz vor dem Abendessen war Papa wieder da. Irgendwie benahm er sich seltsam. Sehr aufgekratzt wirkte er. Er kam schon munter in die

Wohnung hereingestürmt, als Mama und ich gerade den Tisch fürs Abendbrot deckten.

„Das war vielleicht ein Tag!", seufzte er. Aber er sah nicht so aus, als ob es ein schlechter Tag gewesen wäre. Eher im Gegenteil. Er lachte uns fröhlich an, und ich hatte den Verdacht, dass er ein bisschen was getrunken hatte.

„Und was habt ihr so den lieben langen Tag getrieben?", erkundigte er sich.

„Dein Dr. Walzer hat ziemlich lange gebraucht, bis du ihn überzeugen konntest", hat Mama trocken gesagt.

„Er war so nett, mich zum Mittagessen einzuladen", hat Papa lachend erklärt.

„Das war ja ein langes Mittagessen, bis zum Abend, alle Achtung!" Man konnte hören, dass Mama stinksauer war.

„Nein, natürlich hat das nicht so lange gedauert. Wir sind danach noch mal zurück in die Praxis. Vor dem Essen hatten wir ja noch gar

nicht richtig angefangen mit dem Gespräch."
Wieder lachte Papa, obwohl es dafür eigentlich
gar keinen Grund gab, aber das Lachen klang
irgendwie gezwungen.

„Ach so", hat Mama nur gesagt.

Das Abendessen verlief ziemlich schweigsam.
Dicke Luft! Zum Schneiden!

Plötzlich hat Mama geschnuppert und gefragt:
„Was riecht hier eigentlich die ganze Zeit so
süßlich?"

Papa, der während des Essens nur auf seinen
Teller geschaut hatte, blickte hoch, wurde ein
bisschen rot – das hatte ich bei Papa noch nie
gesehen – und hat dann ganz schnell geantwortet:

„Das muss das Desinfektionsmittel sein. Dr.
Walzer hat eine neue Putzfrau, und die benutzt
so ein Spezialmittel. Fürchterlich. Die ganze
Praxis hat danach gestunken."

„Hmm", hat Mama gemacht und ist aufgestanden. Das Abendessen war beendet.

Wir Kinder haben uns ganz schnell in unsere Zimmer verzogen. In der Küche war's zu ungemütlich.

Ob Mama und Papa an dem Abend noch miteinander gesprochen haben, weiß ich nicht. Zu hören war jedenfalls nichts. Nur der Fernseher lief. Als ich zum Gutenachtsagen ins Wohnzimmer ging, saß jeder in seinem Sessel und starrte auf den Bildschirm.

5

Die nächsten Tage und Wochen verliefen dann eigentlich ganz normal. Schon gleich am Sonntag nach dem Streit – na ja, ein richtiger Streit war's ja eigentlich nicht, eher so eine Verstimmung zwischen Papa und Mama –, also gleich am nächsten Tag hatte Mama wieder die übliche gute Laune. Wenn sie nicht gerade etwas furchtbar ärgert, ist sie nämlich immer gut drauf, trällert oder summt vor sich hin, wenn sie in der Küche zu tun hat, lacht gern, und manchmal kann sie mit den Kleinen richtig albern.

Am Sonntag beim Frühstück schien jedenfalls alles wieder in bester Ordnung zu sein. Mama und Papa sprachen ganz normal miteinander, machten Witze und es sah so aus, als wären sie ein Herz und eine Seele.

Nach dem Frühstück stand dann der übliche Sonntagsspaziergang auf dem Programm. Ich hasse diese Wanderungen durch Wald und Flur vor unserer Stadt, drücke mich oft davor und behaupte einfach, ich hätte noch zu viele Hausaufgaben zu erledigen. Diesmal bin ich aber mitgegangen, denn nach dem Spaziergang war ein Kinobesuch geplant, und den wollte ich mir natürlich nicht entgehen lassen. Allerdings sehen wir uns wegen der Kleinen immer nur Babyfilme an, aber ins Kino gehen tue ich trotzdem gerne.

Na, und ab Montag begann wieder das Wocheneinerlei: Frühaufstehen, Schule, Schularbeiten. Die einzige Abwechslung waren die

Treffen mit Nils. Aber meistens waren Hausaufgaben angesagt. Viel Zeit für Schmusen, Küsschen und so weiter blieb da nicht.

Papa kam in der Woche abends ziemlich spät nach Hause. Am Samstag war diesmal keine Rede von irgendwelchen Arztbesuchen. Ging auch nicht, denn wir waren ja mit der Oma verabredet, mit der anderen, der Mutter von Papa. Die wohnt nicht in unserer Stadt, mit dem Auto fahren wir ungefähr eine halbe Stunde, wenn wir sie besuchen wollen. Sie lebt allein, weil sie sich irgendwann hat scheiden lassen (den Opa kennen wir gar nicht, der ist irgendwohin ins Ausland gegangen, Mallorca oder Ibiza, keine Ahnung). Mit dieser Oma ein Treffen zustande zu bringen, ist immer ein Kunststück, weil sie pausenlos beschäftigt ist mit ihren vielen Ehrenämtern. Kirchengemeinde, UNICEF, Obdachlosenhilfe und ich weiß nicht, was sonst noch alles. Für einen neuen Mann hat sie gar keine Zeit, sagt sie.

Wenn wir bei Oma sind, ist es immer spannend. Sie erzählt dann viel von ihren Erlebnissen bei ihren verschiedenen Vereinen. Manchmal sind die Geschichten lustig, manchmal überhaupt nicht, vor allem, wenn sie über das Schicksal von Obdachlosen berichtet.

Auch diesmal sprudelte Oma gleich los, kaum dass wir in ihrer Wohnung standen. Papa hat sie erst einmal gebremst:

„Mama, nun lass uns doch erst mal reinkommen. Wir bleiben ja noch ein Viertelstündchen." Das war typisch Papa, immer witzig über- oder untertreiben.

Der Tag bei Oma war richtig schön. Wir haben viel gelacht, und Mama und Papa haben sich auf dem Nachhauseweg darüber unterhalten, was für eine tolle Frau die Oma doch ist.

6
Was am Samstag vor einer Woche passiert war, hatte ich längst vergessen. Und dann der Schock!

Am Mittwoch fielen in der Schule die letzten beiden Stunden aus, und da ich keine Lust hatte, sofort nach Hause zu gehen, bin ich mit Nils noch durch die Königstraße gebummelt. Das ist unsere Einkaufsmeile, eine Fußgängerzone mit vielen Geschäften, zwei Cafés, einem Restaurant und einem kleinen Kaufhaus. Hier ist immer eine Menge Betrieb. Ein sogenanntes Ärztehochhaus mit acht Stockwerken gibt's da auch. Hochhaus ist natürlich geprahlt, aber im Vergleich zu den anderen Häusern wirkt es schon ziemlich hoch.

Nils und ich standen vor einem Jeansladen gegenüber von diesem Ärztehochhaus und begutachteten das neue Angebot. Ich hatte für mich schon entschieden, welche Jeans ich gern hätte; Nils verglich noch die Preise von Hosen, Jacken und Pullovern. Etwas gelangweilt schaute ich in die Gegend, guckte, was die Vorübergehenden für Klamotten trugen, wie sie sich bewegten und ob vielleicht jemand unter ihnen war, den ich kannte. Das ist in einer kleinen Stadt, wie unsere es ist, durchaus möglich.

Ich ließ also meine Blicke schweifen und ohne bestimmte Absicht fiel mein Blick auf das Ärztehochhaus gegenüber. Dort öffnete sich gerade die Eingangstür, ein Mann und eine Frau kamen heraus, blieben kurz stehen, sprachen etwas miteinander. Bevor sie in verschiedene Richtungen auseinander gingen, küssten sie sich, aber nicht so, wie es Freunde oder gute Bekannte tun, Wange an Wange, Küsschen in die Luft, auch nicht so, wie es Papa und Mama morgens zum Abschied tun, flüchtiges Küsschen auf den Mund und das war's, sondern so, wie es Nils und ich tun, wenn die große Verliebtheit wieder mal über uns kommt.

Es ist ja nichts Besonderes, wenn Leute sich auf der Straße küssen, auch so. So wie in einem Liebesfilm. Da findet keiner was dabei. Aber in diesem Fall war es schon etwas Besonderes, denn – ich musste dreimal weg- und wieder hinsehen, um es zu glauben – der Mann war ... Papa! Es gab kein Vertun. Seine dunkelbraune Lederjacke, die hellbraunen Hosen, die fast schwarzen Haare, die stellenweise schon etwas grau wurden, seine Bewegungen, sein Gang, als sich die beiden getrennt hatten. Und die Frau war nicht Mama. Ich hatte sie noch nie gesehen.

„Was hast du denn? Ist was passiert?" Nils' Stimme holte mich zurück. Ich war völlig erstarrt, aber in meinem Kopf arbeitete es fieberhaft. Was sollte ich davon halten? Wer war diese Frau? In welcher Beziehung stand Papa zu ihr? Blöde Frage! Die Beziehung war doch sonnenklar. Bei so einem Kuss.

„Nichts. Nichts ist passiert. Ich hab mich nur ein bisschen umgeschaut." Es fiel mir schwer, so normal zu tun, eigentlich war es auch nicht fair, Nils in meine Entdeckung nicht einzuweihen. Aber ich konnte einfach noch nicht darüber sprechen. Noch nicht. Nicht einmal mit Nils, obwohl wir uns sonst alles erzählen.

„Komm, ich spendier uns noch ein Eis. Ich hab gestern das erste Geld fürs Zeitungsaustragen bekommen. Das muss gefeiert werden."

Wir erzählen uns sonst alles? Vom Zeitungsaustragen wusste ich jedenfalls nichts.

„Du trägst Zeitungen aus? Seit wann das denn?" Ich versuchte, mir meinen Ärger nicht anmerken, meine Frage möglichst harmlos klingen zu lassen.

„Ja, seit einem Monat. Aber nicht die Tageszeitung. Ich verteile die Werbezeitung, einmal in der Woche."

„Und warum machst du das? Reicht dein Taschengeld nicht?"

„Meine Eltern bezahlen meine Handy-Rechnung nicht mehr. In den letzten Monaten war die zu hoch. Darüber waren sie schwer sauer. Viel Geld gibt's für das Zeitungsaustragen nicht. Aber fürs Handy reicht's."

„Und warum hast du gar nichts davon erzählt?", wollte ich noch wissen.

„Weiß nicht, hab ich wohl vergessen oder es war keine Gelegenheit dazu da. So wichtig ist das doch auch nicht."

Da hatte Nils eigentlich Recht. Ich war trotzdem verletzt, denn es zeigte sich jetzt, dass es Sachen in Nils' Leben gab, von denen ich keine Ahnung hatte. Vielleicht noch mehr...? Genauso, wie Mama von Papa eine Menge nicht wusste!

„Bist du sauer?", fragte mich Nils, nachdem wir eine Weile schweigend nebeneinander hergegangen waren.

„Nee. Aber ich hab jetzt keine Lust, Eis zu essen. Ich geh lieber nach Hause. Du kannst mich ja nachher anrufen. Also, dann bis später! Ciao!" Und damit ließ ich den völlig verdatterten Nils einfach stehen.

7

Als ich nach Hause kam, war niemand da, und das war gut so. Ich musste meine Gedanken erst mal sortieren.

War ich ganz sicher, dass der Mann, den ich in so zärtlicher Umarmung gesehen hatte, Papa war? Ich schloss die Augen und ließ die Bilder noch einmal vor mir ablaufen, wie einen Film. Ja, es bestand kein Zweifel.

Was sollte ich jetzt tun? Sollte ich Papa darauf ansprechen, wenn wir mal allein waren? Sollte ich Mama gegenüber eine Andeutung machen oder ihr sogar das, was ich gesehen hatte, erzählen? Nein, das ging alles nicht. Ich musste erst absolute Gewissheit haben, was das für eine Beziehung war. Aber wie sollte ich das herausbekommen? Papa war ständig unterwegs. Woher sollte ich wissen, ob und wann er diese Frau treffen würde, von der ich noch nicht mal ahnte, wer sie war? War sie eine Ärztin, eine Sprechstundenhilfe oder sonst jemand, der in dem Ärztehochhaus zu tun hatte? Vielleicht eine Patientin?

An diesem Nachmittag zermarterte ich mir das Hirn, wie ich Klarheit in diese Geschichte bringen konnte. Ich überlegte hin und her und schließlich kam mir die Idee, dass ich alle Praxen in dem Haus abklappern könnte und gucken, ob ich die Frau irgendwo fand, als Ärztin oder als Sprechstundenhilfe. Aber würde ich sie wiedererkennen? Ich hatte sie heute Vormittag doch nur flüchtig wahrgenommen, weil ich mich ganz auf Papa konzentriert hatte. Und wenn es sich um eine Patientin handelte, die heute gerade bei einem der Ärzte einen Termin gehabt hatte, dann war das Unternehmen völlig aussichtslos. Wann würde sie wieder in die Praxis kommen – morgen oder in einem Jahr?!

Ich hätte mich gar nicht so verrückt machen müssen, denn es kam alles ganz anders.

Erst einmal stürmten Ute und Ole herein - zusammen, was selten vorkommt, denn im Allgemeinen gehen sie mit ihren Freunden nach Hause und vermeiden es, sich auf dem Weg zu begegnen, so als wäre es ihnen vor den Freunden peinlich, Schwester und Bruder zu sein. Blöd, nicht? Ja, aber so sind sie eben.

Ich behielt mein Wissen für mich, tat so, als sei nichts geschehen, erkundigte mich wie immer nach ihren Erlebnissen. Da Mama ja arbeitet, habe ich hier jetzt so was wie eine Mutterrolle übernommen. Na ja, „Mutterrolle" ist vielleicht übertrieben; ich sorge dafür, dass die Kleinen was essen, und passe auf, dass sie ihre Hausaufgaben nicht vergessen.

Nils hat nicht angerufen, der war sicher beleidigt, so, wie ich ihn abgefertigt hatte. Aber das war mir jetzt egal, denn ich hatte was anderes im Kopf. Was hätte ich auch mit ihm reden sollen? Von meiner Entdeckung wollte ich noch nichts sagen, und alles andere interessierte mich im Moment nicht.

Mama kam am späten Nachmittag, bepackt mit Taschen, Beuteln und Tüten. Großeinkauf.

„Wozu haben wir denn ein Auto, wenn du doch alles zu Fuß nach Hause schleppst?", fragte ich Mama, als sie den Einkauf in Speisekammer und Kuhlschrank verstaute.

„Ach Julia", seufzte Mama, „wann steht mir der Wagen denn schon mal zur Verfügung? Papa ist doch ständig damit unterwegs. Und abends um acht einzukaufen, das ist mir zu spät. Wenn dein Vater überhaupt um diese Zeit schon zu Hause ist."

Ja – dachte ich – wenn du wüsstest, weshalb er immer so spät kommt und wozu er das Auto braucht. Gesagt habe ich aber nichts.

An diesem Abend stand Papa schon sehr zeitig im Rahmen, genau fünf Minuten vor sechs, als Mama und ich noch dabei waren, die eingekauften Sachen zu verstauen.

Mama schaute Papa für einen langen Moment an, legte die Küchenrollen ins Regal und sagte:

„Du bist schon da, Robert? Hat deine kleine Freundin heute keine Zeit für dich?"

Papa stand da, wie vom Donner gerührt. Und mir wäre vor Schreck fast die Packung Eier aus der Hand gefallen. Mama wusste also von der Frau? Wieso? Woher?

Als Papa sich gefasst hatte, sagte er: „Was redest du denn da, Kati? Einer meiner Ärzte hat das Beratungsgespräch abgesagt, deshalb bin ich so zeitig zu Hause."

„Es ist zwecklos, Dich rauszureden, Robert. Ich habe euch gesehen."

Jetzt erst bemerkte Papa, dass ich auch noch da war.

„Julia, geh bitte in dein Zimmer!", befahl er kurz und knapp. Mir blieb nichts anderes übrig, als zu tun, was er gefordert hatte. Meine Zimmertür ließ ich allerdings offen. Aber diesmal wollte er wohl auf Nummer sicher gehen: Er schloss die Küchentür, die sonst immer offen steht.

8

Was in der Küche gesprochen wurde, werde ich wohl nie erfahren. Mama und Papa müssen sich sehr am Riemen gerissen haben, denn es drang nur dumpfes Gemurmel durch die Küchentür, wenn überhaupt etwas zu hören war.

In den folgenden Tagen und Wochen sickerte aber durch, dass die Frau, die ich mit Papa gesehen hatte, Inga hieß, Hals-Nasen-Ohren-Ärztin war und im Ärztehochhaus ihre Praxis hatte. Kennengelernt hatte sie Papa wohl bei einem Beratungsgespräch. Und offenbar hatten sie sich ratzfatz ineinander verknallt. Kann ja mal vorkommen; bei mir und Nils ist das auch ziemlich schnell gegangen.

Apropos Nils. Der war natürlich stinkesauer auf mich, weil ich ihn einfach so stehen gelassen hatte. Ohne jede Erklärung. Am Nachmittag angerufen hatte er nicht. Auch keine SMS geschickt. Und ich hatte mich auch nicht gerührt. Totale Funkstille.

Erst als Nils mich am nächsten Morgen in der Schule keines Blickes würdigte, ist mir endlich aufgegangen, wie mies ich mich ihm gegenüber verhalten hatte. Aber schließlich musste ich mein Erlebnis erst einmal verdauen, und am Abend war ja dann die Bombe geplatzt. Da konnte ich an nichts anderes mehr denken.

Ich hatte Nils nicht verletzen wollen, und – claro! – verlieren wollte ich ihn schon gar nicht. Gerade jetzt, wo bei uns zu Hause alles den Bach runterging und die Beziehung zwi-

schen Mama und Papa auf dem Nullpunkt angelangt war, brauchte ich jemand, auf den ich
mich verlassen konnte. Dem ich vertrauen
konnte. So einer war Nils. Und schließlich: Ich
liebe ihn.

Also lief ich in der Pause hinter ihm her, als er,
ohne nach rechts und links zu schauen, aus dem
Klassenzimmer – man muss schon sagen –
stürmte. Ich packte ihn am Ärmel, so fest, dass
er einfach stehen bleiben musste. Er sah mich
immer noch nicht an, blickte über mich hinweg
in die Gegend, als ob es irgendwo etwas rasend
Spannendes zu sehen gäbe.

„Nils, bitte, sei nicht mehr sauer auf mich. Lass
uns reden. Ich kann dir alles erklären."

Jetzt endlich schaute er mich an. In seinen Augen sah ich eine Menge Wut.

„Komm, lass uns in den Computerraum gehen.
Da ist jetzt in der Pause niemand. Dort können
wir in Ruhe reden."

Nils sagte immer noch kein Wort, aber wenigstens folgte er mir in den Computerraum. Als ich die Tür hinter uns geschlossen hatte, blieb er abwartend stehen, die Hände in die Taschen seiner Jeans gestopft, den Blick aus dem Fenster. Also immer noch beleidigt hoch zwei.

„Es ist etwas passiert bei uns." Ich versuchte, betont cool zu sein und mir nicht anmerken zu lassen, wie durcheinander ich war: „Mein Vater hat 'ne Braut."

„Wie, 'ne Braut?" Nils verstand nicht, sah mich völlig perplex an.

„Na ja, ein Verhältnis, eine Geliebte, eine andere, eine Freundin – eine andere Frau eben. Ich weiß nicht, wie ich das nennen soll. Wie würdest du es nennen?" Jetzt, wo ich versuchte, Nils die Sache zu erklären, wurde mir bewusst, wie traurig und gleichzeitig auch wütend mich die Geschichte machte. Ich hätte gern geweint, aber das schien mir hier im Computerraum denn doch zu melodramatisch, wie in einem Kitschfilm.

„Dein Vater hat eine andere Frau?" Nils sah mich immer noch ziemlich verständnislos an. „Woher weißt du das?"

„Gestern, als wir vor dem Jeansladen standen und du noch ins Schaufenster geguckt hast, habe ich sie gesehen. Vor dem Ärztehaus. Meinen Vater und die andere. Wie sie sich geküsst haben. Außerdem – meine Mutter hat die beiden auch gesehen. Gestern Abend hat sie's ihm gesagt."

Schweigend nahm mich Nils in die Arme, drückte mich an sich und streichelte mich. So standen wir eine ganze Weile da. Das tat gut. Fast hätte ich nun doch noch losgeheult. Aber Nils holte mich schließlich aus meiner Traurigkeit heraus:

„Das hätte ich von deinem Vater nicht gedacht. So was hätte ich ihm nie zugetraut." Enttäuschung schwang mit in seiner Stimme.

Nils hält große Stücke auf meinen Vater. Er findet ihn cool. Weil er so viel weiß und versucht, auf alle Fragen eine Antwort zu finden. Weil er ziemlich gelassen und oft sehr witzig ist. Insgeheim bewundert Nils wohl meinen Vater ein bisschen, er ist so eine Art Vorbild für ihn, weil sein eigener Vater gestorben ist, als er noch ganz klein war. Und nun stürzte sein Denkmal vom Sockel!

Für mich war die Sache mindestens genau so schlimm. Nicht, dass ich Papa bewunderte. Aber wir hatten bis jetzt immer eine Superbeziehung gehabt. Über alles konnte ich mit ihm reden. In manchen Dingen hatte er sogar mehr Verständnis als Mama. Zum Beispiel, wenn es um die Frage ging, wann ich zu Hause sein musste. Abends, oder besser: nachts, nach einer Party bei Freunden. Oder früher, wenn ich wieder mal eine Arbeit völlig verhauen hatte. Da hatte er nicht so ein Theater veranstaltet wie Mama. Und letzten Endes hatte ich ihm ja auch das eine Jahr Internat zu verdanken. Bei Mama allein hätte ich das nie durchgekriegt.

Und nun? Was wird jetzt werden? Wird sich alles wieder einrenken? Oder werden sich Papa und Mama trennen? Oder gar scheiden lassen?

Ich wusste, so was passierte jeden Tag und zig Kinder mussten damit fertig werden. Aber es kam so plötzlich, so unerwartet, ohne jede Vorwarnung. Zumindest hatten wir die ersten Anzeichen nicht wahrgenommen: das späte Nachhausekommen von Papa und auch den Samstag, wo er sicher nicht bei Dr. Walzer war, sondern sich mit seiner Freundin amüsiert hatte.

Wie sollte ich mich entscheiden, wenn Mama und Papa auseinandergingen? Sollte ich bei Mama bleiben? Oder mit Papa gehen? Und mit einer fremden Frau leben, von der ich gar nicht wusste, wie sie war. Vielleicht hasste die uns ja und wollte lieber eigene Kinder haben.

Und wie würden Ute und Ole das Ganze verkraften? Die waren doch noch so klein. Die würden überhaupt nicht verstehen, dass so was passieren kann, dass man sich schwuppdiwupp in jemand anderes verknallt. Und sie hatten auch keinen Nils, der sie in die Arme nimmt und tröstet.

9

Die nächsten Wochen waren schlimm. Papa glänzte meist durch Abwesenheit; morgens früh verließ er das Haus und kam erst zurück, wenn alle schon im Bett lagen. Auch am Wochenende. Mama hatte ihre Fröhlichkeit verloren, ging mit ernster Miene und traurigen Augen zur Arbeit und kam mit ernster Miene und traurigen Augen nach Hause. Sie war gar nicht richtig ansprechbar, immer wie abwesend, kümmerte sich nicht mehr um unsere Hausaufgaben, fragte nicht mehr, wie es in der Schule gewesen war und was es Neues von unseren Freunden gab. Ich hätte gern mit ihr gesprochen, über Papa und Inga und was nun werden soll oder einfach nur so über irgendwas Belangloses. Aber Mama war total zu, redete mit uns nur das Nötigste, und das war nicht viel.

Wir Kinder mieden deshalb das Haus. Ich war, so oft es ging, bei Nils. Mit ihm konnte ich wenigstens reden. Ute und Ole verschwanden nach der Schule auch gleich zu irgendwelchen Freunden. Ich bezweifelte aber, dass sie mit denen über unser Problem sprechen konnten. Bei Ole war ich nicht mal sicher, dass er wusste, was ablief. Jedenfalls nicht so richtig. Er ist sowieso immer in anderen Welten unterwegs: in seiner Computerwelt oder in der seiner Clique oder sonst wo. Ich denke, er ist einfach vor der supermiesen Stimmung geflüchtet. Mit Ute war kein Gespräch über Papa und Inga möglich. An ihren Blicken konnte ich aber sehen, dass ihr klar war, worum es ging. Trotzdem haben wir es vermieden, das Thema anzusprechen. Uns war das wohl beiden irgendwie peinlich. Mir auf alle Fälle.

In dieser Zeit habe ich mich immer wieder gefragt, ob es nicht besser gewesen wäre, wir hätten von all dem nichts gewusst, ich hätte Papa und Inga nicht gesehen und Mama auch nicht. Das Leben wäre einfach so weitergegangen wie bisher. Papa wäre manchmal spät nach Hause gekommen, aber doch wenigstens nicht erst, wenn wir alle schon schliefen. Jetzt sahen wir Papa nur noch morgens, wenn er uns vor der Schule – jetzt in aller Eile - das Frühstück machte. Gesprochen wurde da nicht viel. Obwohl Papa versuchte, sich uns gegenüber ganz normal zu verhalten, herrschte doch eine angespannte Atmosphäre. Die alltäglichen Verrichtungen und Gespräche wirkten irgendwie krampfig.

Aber andererseits – vielleicht hätte Papa uns dann eines Tages aus heiterem Himmel mit der Eröffnung überrascht, dass er eine Freundin hat, mit der er zusammenleben möchte, und dass er uns deshalb verlässt, und uns hätte total der Schlag getroffen. Das wäre sicher noch schlimmer gewesen. Nee, es war schon ganz gut, dass wir Bescheid wussten und uns auf die Situation einstellen konnten. Aber die Stimmung zu Hause war schwer zu ertragen.

So vergingen knapp drei Monate. Bis eines Tages Mama einen sehr entschlossenen Zug um den Mund und ein unheilverkündendes Funkeln in die Augen bekam. Offenbar hatte sie sich zu etwas durchgerungen.

An diesem Abend wartete sie, bis Papa endlich kurz nach Mitternacht nach Hause kam. Dass ich auch noch nicht schlief, hatte sie nicht bemerkt. Konnte sie auch nicht, denn die Tür zu meinem Zimmer war geschlossen.

Als ich Papa ins Haus kommen hörte, schlich ich auf Katzenpfotensohlen zur Tür und öffnete sie einen Spalt breit. Papa verschwand sofort in der Küche, vielleicht hatte er Hunger und wollte sich noch was zu essen machen. Er rechnete nicht damit, dass jemand von uns noch wach war.

Mama hatte im Wohnzimmer gesessen und gelesen – nach langer Zeit mal wieder. Früher hatte sie oft irgendwo gesessen und gelesen – im Wohnzimmer, am Küchentisch, auf der Terrasse -, aber in diesen letzten Wochen hatte sie nur vor dem Fernseher gehockt. Auf ein Buch konnte sie sich anscheinend nicht konzentrieren.

Nun kam sie aus dem Wohnzimmer und ging ebenfalls in die Küche. Da sie annahm, wir alle schliefen schon, blieb die Küchentür offen. Zum Glück!

Zuerst war nichts aus der Küche zu hören. Offenbar eisiges Schweigen. Dann Stuhlrücken. Und dann Mamas Stimme, kühl und ganz ruhig:

„Hör zu, Robert, ich weiß nicht, was du für Pläne hast. Ich jedenfalls bin nicht mehr bereit, dieses Spiel mitzuspielen. Es gibt jetzt zwei Möglichkeiten: Entweder du trennst dich von Inga und kommst zu uns zurück oder ich trenne mich von dir und suche für mich und die Kinder eine Wohnung. Obwohl es natürlich praktischer wäre, wenn wir im Haus blieben. Aber was das betrifft, will ich nicht mit dir streiten. Ich kann auch eine Wohnung für uns mieten. Unterhalt für die Kinder musst du so oder so zahlen. Dafür werde ich sorgen. Ich gebe dir drei Tage Zeit zum Nachdenken und am Wochenende kannst du uns dann deine Entscheidung mitteilen."

Ohne eine Antwort abzuwarten, verließ Mama die Küche und ging die Treppe hinauf ins Schlafzimmer. Seit dem Abend, als Mama Papa eröffnet hatte, dass sie von dem Verhältnis wusste, übernachtete Papa oben im Gästezimmer. Ohne jeden Kommentar hatte Mama Papas Bettzeug dorthin geschafft, und Papa hatte es stillschweigend akzeptiert.

Nun war es also so weit. Tage der Entscheidung. Ich hatte gespürt, dass etwas in der Luft lag, Mama war so verändert gewesen und hatte heute plötzlich, nach den Wochen, in denen sie wie gelähmt gewirkt hatte, wild entschlossen ausgesehen. Sollte ich froh sein, dass endlich etwas geschehen würde? Oder sollte ich das Ende der trügerischen Ruhe fürchten? Wie würde sich Papa entscheiden? Mama hatte ihm die Pistole auf die Brust gesetzt. Würde er zur Besinnung kommen oder machte ihn das eher verbiestert?

Leise tapste ich zurück ins Bett. Mein Herz schlug so laut, dass ich meinte, Papa müsse es in der Küche hören.

10

In den Tagen bis zum Wochenende konnte ich an nichts anderes mehr denken als daran, wie Papa sich entscheiden würde. Während die Klasse heftig mit Frau Breitschneider (unserer Deutschlehrerin) diskutierte, ob wir unbedingt Schillers „Don Carlos" lesen müssten und nicht stattdessen lieber ein Stück von Max Frisch, z.B. „Andorra", durcharbeiten könnten, überlegte ich, wie ich mich verhalten sollte, und zwar in beiden Fällen: wenn Papa blieb und wenn er ging.

Eigentlich verstand ich mich mit Papa ein bisschen besser als mit Mama. Aber wenn Papa auszog, um mit Inga zu leben, dann würde ich wohl doch bei Mama bleiben. Ich glaube, ich würde ihm das sehr übel nehmen. Er beleidigte damit nicht nur Mama, sondern zeigte auch uns Kindern, dass wir ihm egal waren. Dass er, ohne mit der Wimper zu zucken, auf uns verzichten konnte, dass wir ihm gar nichts bedeuteten. Dass ihm Inga viel wichtiger war als wir. Ja, ich weiß, dass man sich verlieben kann, hab ich ja selbst erlebt, aber dafür die ganze Familie einfach wegschmeißen – das kann's doch nicht sein!

Wie würde das überhaupt in Zukunft ablaufen? Würden wir ihn regelmäßig sehen oder nur alle Jubeljahre einmal? Wo würden die Treffen stattfinden? Bei ihm und Inga? Inga würde nicht gerade begeistert sein, wenn wir bei ihm auftauchten und ihn und sie daran erinnerten, dass es da noch eine Familie gab. Irgendwo unterwegs? Würde er dann zum „Event-Papa"? Kino, Kinderfest, Zirkus, Minigolf usw. usw. und zum Abschluss der Italiener? Keine Zeit und kein Ort, mal über was Wichtiges zu sprechen. Bei uns zu Hause? Ach nein, das kam gar nicht in Frage, das würde Mama nicht zulassen. Die wäre so sauer, dass sie ihn nicht mehr sehen wollte.

Und wenn er blieb – wie sollte ich mich dann ihm gegenüber verhalten? Schließlich hatte er in den letzten Wochen eine Menge Kummer in die Familie gebracht. Mama war aus der Traurigkeit überhaupt nicht mehr rausgekommen. Und auch für uns Kinder war die Zeit alles andere als lustig. Die „Kleinen" hatten zwar nicht so ganz begriffen, was ablief, vor allem Ole nicht, aber die drückende Stimmung hatte uns alle belastet. Papa hatte uns unsere Unbeschwertheit, unsere Fröhlichkeit einfach geklaut. Das machte mich richtig wütend. Selbst wenn er bei uns blieb, wusste ich nicht, ob ich jemals wieder so unbefangen wie früher mit

ihm reden konnte. Von Rumalbern und Witze-
machen ganz zu schweigen.

Das alles ging mir durch den Kopf, während
um mich herum der Unterricht ohne mich statt-
fand.

Endlich kam der Freitag. Die Spannung zerriss
mich fast. Am Abend lag ich auf dem Bett in
meinem Zimmer und konnte mich nicht rühren.
Nur an die Decke starren. Ich wartete darauf,
dass Papa nach Hause kam. Würde er heute
schon sagen, wie er sich entschieden hatte?
Oder erst morgen?

Meine Tür stand einen Spalt weit offen, und ich
hörte im Wohnzimmer den Fernseher laufen.
Mama wartete also auch auf Papa. Ute und Ole
schliefen schon oben. Die hatten es gut, die
konnten schlafen, sie hatten keine Ahnung von
Mamas Ultimatum. Ich hatte ihnen nichts gesagt. Und Mama wusste nicht, dass ich sie belauscht hatte.

Dann kam Papa. Er sah, dass Mama im Wohnzimmer saß und ging sofort zu ihr. Die Tür schloss er hinter sich.

11

Auf meinem Wecker war es zwei Uhr, als die Wohnzimmertür geöffnet wurde. Im Dunkeln konnte ich die grün leuchtenden Zeiger gut erkennen. Dann hatten Mama und Papa mehr als drei Stunden miteinander geredet. War das ein gutes Zeichen oder ein schlechtes?

Ich hörte, wie sie nach oben gingen. Gesprochen wurde nicht.

So gegen halb vier schlief ich endlich ein.

Geschirrgeklapper aus der Küche weckte mich. Es war halb acht und ich fühlte mich total zerschlagen. Kunststück – ich hatte ja nur vier Stunden geschlafen. Und ich hatte eine Wahnsinnsangst. Was würde mich jetzt erwarten? Wer war in der Küche? Mama? So früh? Am Samstag? Oder war das Papa, der sich in aller

Herrgottsfrühe was zu essen machte, um dann für immer zu Inga zu gehen?

Langsam stand ich auf und schlich im Zeitlupentempo zur Küche rüber. So kam es mir jedenfalls vor. Ich zitterte ein bisschen, mein Herz schlug wie wild und mir war kalt. Von der Tür aus sah ich Mama mit Geschirr hantieren. Sie war ganz in ihre Beschäftigung vertieft.

Erleichtert machte ich ein paar Schritte auf Mama zu. Als sie aufblickte, bemerkte ich ihre verweinten Augen. Also gab es keinen Grund, erleichtert zu sein. Der schlimmste Fall war offenbar eingetreten. Papa würde uns verlassen.

Ich lief zu Mama und nahm sie in die Arme. Sie drückte mich fest an sich, legte ihren Kopf auf meine Schulter und weinte, weinte, weinte. Hilflos stand ich in dieser Umarmung und wusste nicht, was ich tun sollte, wusste nicht einmal, was nun Sache war.

„Mama, bitte, sag doch was!", flüsterte ich, als ich das sprachlose Weinen nicht mehr aushielt. „Was ist denn jetzt? Geht Papa zu Inga?"

Mama hob langsam den Kopf, kramte aus ihrer Bademanteltasche ein zerknülltes Papiertaschentuch und wischte sich die Tränen ab.

„Nein", sagte sie und schüttelte den Kopf. „Nein, Papa hat mit Inga Schluss gemacht. Er sagt, er kann uns nicht verlassen, er liebt uns alle zu sehr. Aber in Inga war er eben auch verliebt."

Alles in mir löste sich. So als wäre ich die ganze letzte Zeit in unsichtbaren Ketten gefangen gewesen und nun befreit worden. Papa bleibt bei uns, Papa bleibt bei uns – was anderes konnte ich gar nicht mehr denken.

„Aber warum weinst du dann?", fragte ich Mama.

„Ach Julia, vielleicht kannst du das noch nicht verstehen", fing Mama an, die sich inzwischen an den Tisch gesetzt hatte. „Einerseits ist mir ein Stein vom Herzen gefallen, aber andererseits..." Sie machte eine Pause. „Andererseits, weißt du, die letzten Wochen waren schlimm für mich. Hier zu Hause zu sitzen und immer zu denken, er ist mit einer anderen Frau zusammen, die er attraktiver findet, die er mehr liebt als mich."

Mama sah mich lange an. Dann redete sie weiter: „Vielleicht wirst du das auch einmal erleben, obwohl ich dir das nicht wünsche, mein Schatz. Ich habe mich ganz mies gefühlt, so als ob ich überhaupt nichts wert wäre. Wieder und wieder habe ich mich gefragt, warum nur. Was ist an der anderen Frau so viel reizvoller? Was habe ich falsch gemacht? Was ist schief gelaufen zwischen Papa und mir? Ich bin dann drauf gekommen, dass wir seit ewigen Zeiten nicht mehr miteinander gesprochen hatten – ich meine, richtig gesprochen. Wir sind im Alltag erstickt. Nichts haben wir mehr gemeinsam gemacht, nur wir beide. Alles drehte sich um die Arbeit, die täglichen Dinge und nicht zuletzt um euch. Für uns blieb keine Zeit.

Heute Nacht haben wir endlich einmal wieder ganz lange miteinander geredet. Was wir denken, was wir fühlen, wie jeder den anderen sieht und was an Inga so anziehend war. Das hat gut getan. Und wir haben uns versprochen, dass wir in Zukunft wieder öfter reden und mehr gemeinsam machen, nur wir zwei. Ihr seid jetzt groß genug, habt eure eigenen Freunde. Da muss auch etwas Platz bleiben für unsere Wünsche."

„Dann wird also alles wieder gut." Es war mehr eine Frage als eine Feststellung.

„Ich hoffe es, Julia. Ja, ich wünsche es mir sehr."

* * *

Es hat noch ein bisschen gedauert, bis wieder alles so war wie früher. Wie früher? Nein, ganz so wie früher ist es nicht. Mama und Papa haben ihr Versprechen gehalten. Papa kommt jetzt meistens schon zum Abendessen nach Hause oder kurz danach, und wenn wir Kinder in unseren Zimmern sind, dann sitzen Mama und Papa oft zusammen und besprechen, was sie so erlebt haben am Tag. Und dienstags – da ist Kinotag bei uns in der Stadt – dienstags nehmen

sie manchmal die Schlüssel vom Brett und sehen sich im „Aurora" den neuesten Film an.

Ob es so bleiben wird...?

JULIA UND UTE

Oles Geschichte

1

Ej, komm ich jetzt endlich auch mal dran?! Ich bin Ole, der Bruder von Ute und Julia. Ihr kennt mich aus der Geschichte von Ute, ihr wisst schon: der über Oma und Alex. Aber das ist zwei Jahre her. Inzwischen bin ich fast neun. Aber leider immer noch der „Kleine". Wahrscheinlich bleibe ich das bis in alle Ewigkeit. Auch noch, wenn ich Opa bin.

Die Ute hat so getan, als ob ich ein Blödmann wäre, der alle ständig nervt. Das ist richtig gemein. Die kann nämlich anderen auch ganz schön auf den Senkel gehen. Vor allem mir. Als Julia im Internat war, hat Ute sich ganz groß aufgespielt. So als ob sie die Miss Oberschlau wäre. Seit Julia wieder bei uns ist, zieht das nicht mehr. Jetzt muss Ute ihre große Klappe halten. Schließlich ist Julia viel älter und viel klüger als sie. Fast schon erwachsen.

Das mit Papa und Mama und Inga habe ich gar nicht so richtig mitgekriegt. Klar, dass miese Stimmung war zwischen Mama und Papa, hab ich schon gemerkt. Papa stand nur morgens auf der Matte, um uns das Frühstück zu machen. Abends und am Wochenende kriegten wir ihn nie zu Gesicht. Mama war mit ihren Gedanken immer ganz woanders und nicht ansprechbar. Dicke Luft zu Hause. Aber bei meinen Kumpeln gab es auch oft Stress zwischen den Eltern. Ich hab gedacht, das ist eben so. Ganz normal. Erst als alles vorbei war, hab ich Ute gefragt, was eigentlich los war. Die hat erst wieder ihre Show abgezogen, von wegen wie doof ich wäre, dass ich überhaupt nichts mitkriege und wohl nichts im Hirn hätte als meinen dämlichen Computer. Und noch andere Nettigkeiten hat sie mir an den Kopf geworfen. Die will ich lieber nicht wiederholen. Schließlich hat sie mir das von Papa und Inga erzählt. Ein bisschen blöd gefühlt hab ich mich dann doch, weil diese Sache so an mir vorbeigerauscht ist.

Es war aber ganz anders, als Ute behauptet. Ich war tatsächlich schwer beschäftigt – nicht mit meinem Computer, sondern mit meinen Kumpeln. Wir hatten nämlich gerade einen Fußballclub so wie die „Wilden Kerle" gegründet, und da mussten wir uns natürlich jeden Tag auf dem Bolzplatz treffen und trainieren bis zum Umfallen. Als wir mal einen Tag nicht dort waren, standen gleich am nächsten Tag so ein paar halbstarke Typen am Eingang und meinten, der Platz wäre nur für Vereinsmitglieder. Wir sollten die Fliege machen. Das haben wir uns natürlich nicht bieten lassen.

In unserer Höhle im Wäldchen vor der Stadt haben wir Kriegsrat gehalten, wie wir uns gegen die Blödmänner wehren könnten. Mein Freund Daniel hatte dann eine starke Idee.

Am Tag darauf sind wir wieder zum Fußballplatz gegangen. Ungefähr 20 waren wir, denn wir haben noch ein paar Leute aus der Klasse und aus der Nachbarschaft zur Verstärkung mitgenommen. Jeder von uns trug einen Eimer und da war was drin: Kugeln aus nassem Sand.

Die dämlichen Typen sahen wir schon von weitem am Eingang stehen. Lässig hatten sie die

Hände in die Taschen ihrer Jeans gebohrt und beobachteten uns. Unheimlich cool kamen die sich vor.

Als wir nur noch wenige Meter von ihnen entfernt waren, rief Daniel: „Achtung, Attacke!" Dann hagelte es Sandbälle und nicht zu knapp. Überall hatten die Typen den nassen Sand kleben, im Gesicht, im Haar, am Hals, am T-Shirt, an den Jeans. Zuerst versuchten sie, sich mit den Armen zu schützen, und dann, auf uns loszugehen. Aber wenn 20 Leute mit Sandkugeln schmeißen, da hast du keine Chance. Schließlich räumten sie das Feld. Sie drohten zwar mit fürchterlicher Rache. Aber wir haben sie seitdem nicht mehr gesehen. Wir konnten wieder ungestört auf unserem Platz spielen.

Das alles erzähle ich nur, damit ihr wisst, womit ich beschäftigt war, während bei uns zu Hause alles aus dem Ruder lief.

Zum Glück hat sich die Sache mit Papa und Mama wieder eingerenkt. Aber kurz danach hat es in unserer Familie ein neues Drama gegeben. Nämlich zwischen Julia und Ute.

Julia ist jetzt 16 und Ute wird demnächst 11. Im Großen und Ganzen verstehen sie sich ganz gut. Zoff gibt es meistens zwischen Ute und mir. Ute findet fast alles toll, was ihre große Schwester macht. Dafür nörgelt sie umso mehr an mir herum. Spielt sich auf als Madame Oberwichtig. Aber das hab ich, glaub ich, schon mal erwähnt.

Ihr wisst ja, dass Julia mit dem Nils zusammen war. Das ging so eine ganze Weile. Ich hab den Nils sehr gern gehabt. Er war immer nett zu Ute und mir, hat mit uns rumgealbert und Geschichten erzählt. Aber nicht so wie Alex. Der hat ja so getan, als ob er das alles erlebt hätte. Bei Nils wussten wir, dass er sich die Geschichten ausdenkt.

Eines Tages kam Julia mit total verheulten Augen nach Hause und verschwand sofort in ihrem Zimmer. Ute hat vorsichtig die Tür geöffnet und gefragt: „Julia, was ist denn?" Aber Julia hat nur gekreischt: „Lass mich in Ruhe!"

Beim Abendessen kam dann raus, dass Nils mit seiner Familie umzieht, in eine andere Stadt, ziemlich weit weg.

„Und das schon nächste Woche!", hat Julia geschluchzt. „Seit zwei Monaten weiß er das schon und die ganze Zeit hat er mir nichts gesagt."

„Das ist für ihn sicher genau so traurig wie für dich", hat Papa versucht, Julia zu beruhigen. „Wahrscheinlich wusste er nicht, wie er es dir sagen sollte. Vielleicht hat er deine Tränen gefürchtet."

„Die hat er jetzt auch!", hat Julia geschrien. „Noch viel mehr. Wenn er es früher gesagt hätte, hätte ich mich darauf vorbereiten können. Jetzt kommt alles so plötzlich."

Mama wollte Julia trösten: „Traurig bist du in jedem Fall, Julia, und Nils auch. Aber es muss doch gar keine endgültige Trennung sein. Ihr könnt euch schreiben, könnt telefonieren und ihr könnt euch auch besuchen."

„Und wie, bitte, soll das gehen?", hat Julia gefragt. „Das sind immerhin 600 km. Da kann man nicht mal eben am Wochenende vorbeischauen."

„Nein, natürlich nicht", musste Mama zugeben. „Aber in den Ferien könnt ihr euch besuchen oder auch mal zusammen verreisen."

„In den Ferien!" Julia war fürchterlich wütend. „Wann sind denn schon mal Ferien!"

„Ich finde, ihr habt eine ganze Menge Ferien", hat Papa gemeint und ein bisschen gegrinst.

„Und was ist, wenn er sich da in eine andere verliebt?"

Darauf haben Papa und Mama nichts mehr gesagt. Sie haben sich nur angesehen. Ich glaube, sie haben beide an die Sache mit Inga gedacht.

2

Ja, dann war es aber Julia, die sich in einen anderen Jungen verknallt hat.

Aber erst mal war großes Abschiednehmen mit vielen Tränen und Versprechungen. Zu Anfang haben sich Julia und Nils fast jeden Tag angerufen. Papa wurde das schon zu viel, dauernd war bei uns besetzt, wir konnten weder angerufen werden noch selber telefonieren. Da hat er die Krise bekommen. Er hat angedroht, das Telefon zu sperren, wenn Julia so weitermacht. Danach haben sie sich Millionen von E-Mails geschickt. SMS oder Handy-Telefonieren kam nicht in Frage. Das hätten sie selbst bezahlen müssen. Vom Taschengeld.

Das ging so ein, zwei Monate lang. Dann vergaß Julia schon mal, in ihre Mail-Box zu gucken. Wenn Ute sie fragte: „Na, schon an Nils geschrieben?", antwortete sie nur: „Nee, heute keine Zeit gehabt." - „Und hast du Post von ihm?" – „Keine Ahnung. Ich war noch nicht im Internet." Ute hat dann ein bisschen dumm geguckt, aber gesagt hat sie nichts.

Immer öfter passierte es, dass Julia keine Zeit für E-Mails hatte. Sagte sie jedenfalls. Zu viele Hausaufgaben, Arbeit für ein Referat. Komischerweise war sie oft weg. Für die Hausaufgaben hätte sie doch zu Hause bleiben müssen.

Ute fragte nicht mehr nach Post von Nils. Auch sie benahm sich merkwürdig, saß viel in ihrem Zimmer, lief wie eine Schlafwandlerin durch die Wohnung. Manchmal hörte und sah sie nichts um sich herum. Wenn ich was zu ihr sagte, reagierte sie überhaupt nicht. Ich konnte mir keinen Reim darauf machen.

Eines Abends hörte ich, wie Papa und Mama in der Küche miteinander sprachen.

„Julia ist jetzt viel unterwegs", sagte Mama. „Ich habe den Eindruck, dass sie nur noch selten Kontakt zu Nils hat. Anscheinend hat sie die Trennung sehr schnell verschmerzt."

„Na ja, in ihrem Alter ...", hat Papa gemeint. „Da tröstet man sich rasch. Es gibt so viele Ablenkungen. Und Nils ist sicher damit beschäftigt, sich in der neuen Umgebung zurechtzufinden. Da hat er genug zu tun. Die neue Wohnung, die neue Schule, neue Mitschüler, neue Lehrer."

„Ja, du hast sicher Recht, Robert. Ich wundere mich nur, dass Julia so oft aus dem Haus geht. Sie wird doch wohl kaum allein in der Stadt oder gar im Wald herumspazieren. Das ist nicht ihre Art."

„Nein, gewiss nicht", hat Papa gesagt und gelacht. „Sie wird mit ihrer Busenfreundin Tanja die Stadt unsicher machen."

„Das wohl eher nicht. Ich habe Tanja neulich in der Bahnhofstraße getroffen, und sie hat mir gesagt, dass sie schon eine halbe Ewigkeit nicht mehr mit Julia durch die Läden gezogen ist."

„Du meinst ... Julia hat einen neuen Freund?", hat Papa nach einer Weile gefragt, nachdem man regelrecht hören konnte, wie es in seinem Kopf ratterte.

„Genau das meine ich, Robert", hat Mama mit fester Stimme bestätigt.

„Ja und, Kati? Willst du ihr das übel nehmen oder gar verbieten? So eine Freundschaft oder Beziehung auf Distanz, das ist für junge Leute auf Dauer schwer zu ertragen. Da liegt es doch nahe, dass Julia irgendwann ..."

„Ich nehme ihr nichts übel und schon gar nicht will ich ihr etwas verbieten." Mamas Stimme klang leicht gereizt. „Ich habe nur eine Vermutung und mit dir darüber geredet. Das ist alles."
Wenn es um Liebe und solche Sachen geht, reagiert Mama immer noch ziemlich sauer. Ein bisschen übertrieben, nach meiner Meinung. Ute würde jetzt wieder sagen: „Davon verstehst du nichts. Du bist ja fast noch ein Baby." Aber ehrlich, ich denke, die Sache zwischen Mama und Papa ist wieder in Ordnung. Ich verstehe nicht, warum Mama dann immer gleich miese Laune und einen komischen Ton in der Stimme bekommt, wenn über so ein Thema geredet wird.

Ich fand es jedenfalls sehr spannend, dass Julia jetzt einen Neuen haben sollte. Blöd, dass ich immer noch in die Grundschule gehe, sonst hätte ich Julia in den Pausen mal ein bisschen observieren können. So wie das Detektive machen. Denn dass es jemand aus der Schule ist, das ist ja mal klar. Vielleicht konnte ich Ute auf sie ansetzen. Die geht nämlich jetzt auch auf das Gymnasium von Julia.

Als ich Ute am nächsten Tag von meiner neuesten Erkenntnis berichtete und sie fragte, ob sie nicht herauskriegen könnte, wer Julias neuer Freund wäre, ist Ute total ausgerastet, hat mich angefunkelt und ein Buch nach mir geschmissen. „Raus!", hat sie gebrüllt. „Raus aus meinem Zimmer, du Idiot!"

Ich hab überhaupt nichts mehr verstanden. Schnappte jetzt einer nach dem anderen in unserer Familie über?

Nun musste ich also selber sehen, wie ich etwas über Julia und ihren neuen Freund herauskriegen konnte, das stand fest. Ute noch mal anzusprechen und wieder eine Abfuhr zu bekommen, das wollte ich mir nicht antun. Es hätte auch nichts gebracht. Denn ich nehme an, dass sie nicht nur mal eben schlechte Laune hatte. So wie sie reagiert hatte, steckte ganz bestimmt noch was anderes dahinter. Ich wusste nur nicht, was.

Zuerst überlegte ich, dass ich ja, wenn Julia nachmittags aus dem Haus ging, ihr unauffällig folgen konnte. Dann würde ich sehen, ob und mit wem sie sich traf. Aber in unserer Stadt ist das mit dem „unauffällig" so eine Sache. Jeder kennt jeden – na ja, nicht jeder jeden, aber fast. Es könnte also passieren, dass ich hinter Julia hinterherschleiche und plötzlich sieht mich die Frau XY und begrüßt mich mit großem Hallo. Oder ein Kumpel läuft mir über den Weg und ruft laut meinen Namen. Garantiert würde sich Julia umdrehen und gucken, ob ihr kleiner Bruder da gemeint ist. Und mich fragen, was ich da mache. Das war also keine gute Idee.

Vielleicht sollte ich Julia einfach fragen. Aber sie hatte ja bis jetzt niemandem was erzählt. Mama und Papa tappten jedenfalls im Dunkeln. Da würde sie wohl kaum ihrem kleinen Bruder sagen, dass sie verknallt ist und in wen.

Eine Möglichkeit blieb noch: An zwei Tagen in der Woche hatte ich nicht so lange Schule wie

Julia. Das Gymnasium ist nicht weit weg von unserer Grundschule, und Julia trödelt sowieso immer ein bisschen. Das weiß ich von Ute. Ich konnte es also locker schaffen, am Gymnasium zu sein, wenn Julia herauskam. In dem allgemeinen Chaos würde sie mich kaum entdecken, schon weil sie gar nicht vermuten würde, dass ich mitten in dem Gewimmel stehe und sie beobachte.

Das Ganze funktionierte natürlich nur, wenn der Neue einer aus ihrer Schule war. Wenn nicht, hatte ich schlechte Karten. Sie konnte ja auch jemand in der Eisdiele oder in der Disko kennengelernt haben. Ich weiß selber nicht, warum, aber ich hätte wetten können, dass der Typ, wenn es einen gab, auch auf ihr Gymnasium ging.

3

Bevor ich meinen Plan in die Tat umsetzen konnte, kriegte ich noch etwas mit, das mich ziemlich umgehauen hat.

Mama und Papa unterhielten sich mal wieder in der Küche und ahnten nicht, dass ich meine Ohren spitzte.

„Sag mal, Kati", fing Papa an, „weißt du eigentlich, was mit Ute los ist?"

„Wieso?", hat Mama gefragt. Sie wollte wohl hören, was Papa meinte.

„Sie benimmt sich irgendwie merkwürdig. Sie läuft mit einem Gesicht herum, als wäre sie nicht von dieser Welt. Neulich war ich schon mittags zu Hause, da hat sie sich gleich nach der Schule in ihr Zimmer verkrochen und ist den ganzen Nachmittag nicht mehr herausgekommen. Ich hab dann mal bei ihr reingeschaut und sie gefragt, ob irgendwas nicht in Ordnung wäre. Mit Leichenbittermiene hat sie mich angesehen und gesagt, nein, es wäre alles bestens."

„Ja, ich weiß. Mir ist da auch einiges an ihr aufgefallen. Ich habe sie vor einiger Zeit genau wie du gefragt, was los ist, ob sie Ärger hat in der Schule oder sonst irgendeinen Kummer. Sie hat mir versichert, es sei alles im Lot. Aber danach sieht es nicht aus."

„Nein, ganz und gar nicht", hat Papa gemeint. „Und was sollen wir nun tun?", hat er Mama gefragt.

„Weißt du, Robert, wir sollten sie vielleicht einfach in Ruhe lassen."

„Und zusehen, wie sie still vor sich hinleidet? Wie sie sich immer mehr zurückzieht?"

„Irgendwann wird sie schon herausrücken mit dem, was sie bedrückt. Bedenke, sie kommt so langsam in die Pubertät, wenn sie nicht schon mitten drin ist."

„Sie ist noch nicht mal elf!" Papas Stimme klang fast empört.

„Das geht heute alles viel früher los. Erinnerst du dich nicht mehr, wie das mit Julia damals war?"

„Du denkst ...“ Papa sprach nicht weiter, aber er schien sich an etwas zu erinnern.

„Ja, Robert. Ich glaube, Ute ist zum ersten Mal verliebt, richtig verliebt. Und anscheinend unglücklich. Denn wenn sie glücklich wäre, würde sie strahlen und wie auf Wölkchen durch den Tag wandern. Wahrscheinlich würde sie uns dann sogar von früh bis spät von den neuesten Entwicklungen berichten.“

O Mann, das war der Hammer! Ute auch verknallt. Jetzt hatte ich die Erklärung, warum sie sich in letzter Zeit so komisch benahm und mich neulich so angefaucht hatte. Aber in wen war Ute verknallt? In jemand aus ihrer Klasse? Ich muss gestehen, ich hatte Schwierigkeiten, mir Ute verliebt vorzustellen. Julia – ja. Die war ja schon 16, aber Ute?

„Du willst die Sache einfach laufen lassen?“, fragte Papa.

„Was können wir anderes tun, Robert? Dir will sie nichts sagen und mir auch nicht. So schwer das für sie ist, sie wird das allein mit sich austragen müssen. Eine schmerzhafte Erfahrung, sicher. Aber wenn das alles ausgestanden ist, wird sie schon ein kleines bisschen erwachsen sein."

„Und bis dahin sollen wir tatenlos zusehen?" Papa wollte anscheinend unbedingt was tun. Er kann es nicht ertragen, wenn mit einem der Mädchen was ist. Das war schon immer so. Julia und Ute behaupten zwar, ich wäre Papas Liebling. Aber das stimmt nicht. Um die Mädchen macht er viel mehr Trara.

„Wir sollten uns bemühen, sehr behutsam mit ihr umzugehen, Rücksicht zu nehmen auf ihre Seelenlage. Vor allem dürfen wir nicht heftig oder mit Vorwürfen reagieren, wenn uns ihre ständige Leidensmiene nervt. Vielleicht kannst du auch ein bisschen darauf achten, dass Julia und Ole keine dummen Bemerkungen machen." Mama hatte also eine Gebrauchsanweisung für Ute parat. Ich war aber nicht sicher, dass ich die einhalten würde – jetzt, wo ich wusste, was los war. Zwei Verknallte in der Familie, das war einfach zu viel, um ständig die

Klappe zu halten. Die Versuchung, mal einen Spruch abzulassen, war groß.

4

An einem Dienstag war es dann so weit: Nach der Schule flitzte ich rüber zum Gymnasium. Nach einer Weile kam der erste Schwung heraus. Einige Leute blieben noch in Grüppchen auf dem Hof stehen und quatschten. Die meisten zogen aber gleich ab nach Hause.

Von Julia keine Spur. Auch Ute hatte ich noch nicht entdeckt. Also bezog ich Stellung hinter einem der beiden großen Bäume, die auf dem Schulhof rumstehen.

Und dann, als die meisten sich schon verzogen hatten, kam sie die kurze Treppe vom Schuleingang zum Hof runter – Julia. Unten blieb sie stehen, guckte sich um und schlenderte dann ein bisschen hin und her. Kurz darauf erschien ein großer Junge in der Tür und lief geradewegs auf Julia zu. Julia ging ihm entgegen und beide küssten sich auf den Mund, ganz kurz nur, so, wie es Julia auch mit ihren Freundinnen macht. Der Junge legte den Arm um Julias Schultern, und so zogen sie quer über den Hof an meinem Baum vorbei.

Mich hatten sie zum Glück nicht entdeckt. Sie waren viel zu sehr beschäftigt mit sich selbst. Julia erzählte anscheinend etwas sehr Aufregendes. Ihr Mund stand keine Sekunde still. Na ja, gut reden, das kann sie! Der Junge hörte aufmerksam zu und guckte sie zwischendurch immer wieder an. Er sah echt gut aus, der Typ. Geschmack hat die Julia, das muss man ihr lassen. Nils war ja auch nicht gerade ein Ausbund an Hässlichkeit. Weiß der Geier, wie Julia das macht, dass sie sich immer die tollsten Jungen angelt.

Gerade wollte ich mein Versteck verlassen, um den beiden möglichst unauffällig zu folgen, da ging die Schultür noch einmal auf und heraus spazierte ein mir ziemlich bekanntes Mädchen, lang und dürr wie ein Holzbrett – Ute. Wieso, um alles in der Welt, kam sie jetzt erst und wieso ganz allein? Sonst hängt sie doch immer mit irgendwelchen Freundinnen zusammen.

Und was wollte sie von Julia und ihrem Freund? Denn als sie die beiden, die gerade am Eingang zum Hof angelangt waren, entdeckt hatte, rannte sie im Galopp über den Hof, den beiden hinterher. Wollte sie mit Julia nach Hause gehen? Das hatte sie noch nie gemacht, nicht mal in der Zeit, als Nils weggezogen war und Julia noch keinen Neuen hatte.

Aber sie wollte gar nicht zu Julia. Am Eingang zum Hof blieb sie einen Moment stehen, um zu gucken, wie weit die beiden inzwischen gekommen waren, und dann schlich sie ganz langsam hinterher.

Na, das war ja 'n Ding! Ihr könnt euch vielleicht meine Verblüffung vorstellen. Ute machte gerade dasselbe, was ich auch vorhatte: Julia und ihrem neuen Freund nachspionieren. Was hatte das zu bedeuten? Ute ging doch auf dieselbe Schule wie Julia, also musste sie längst wissen, dass es einen neuen Freund gab und wer das war. In jeder Hofpause hatte sie alle Zeit der Welt, um zu beobachten, was Julia machte, mit wem sie zusammen stand, wie sie mit den Leuten redete und ob sie mit jemand Händchen hielt oder sogar rumknutschte.

Warum also verfolgte Ute die beiden? Ich begriff überhaupt nichts mehr.

Aber was soll's? Jetzt konnte ich ruhig mein Versteck verlassen. Entdeckt hatte mich zum Glück keine der Schwestern. In einigem Abstand bummelte ich hinter Julia und Ute her Richtung Heimat.

An der letzten Kreuzung vor unserem Haus blieben Julia und ihr Freund stehen. Ute huschte blitzschnell in einen Hauseingang, sie schien darauf vorbereitet gewesen zu sein. Nur ich, der von den seltsamen Entwicklungen in unserer Familie null Ahnung hatte, wusste nicht, wie ich reagieren sollte. Sollte ich mich wie Ute verstecken oder einfach ganz langsam auf die beiden Verliebten zugehen und den dummen Karl mimen: Ach, so ein Zufall, dass ich euch hier treffe...

Ich entschied mich für die zweite Lösung. Da hatte ich zwar das Problem, dass ich an der lauernden Ute vorbei musste. Aber das nahm ich gern in Kauf, wenn ich dafür Julias Freund kennenlernen konnte. Dass Ute mich erkannte, während ich an dem Hauseingang vorbeiging, bezweifelte ich. Die war total damit beschäftigt, ihre Schwester zu beobachten. Und wenn doch - dann würde mir schon was einfallen.

Julia und ihr Freund waren inzwischen zum Schmusen übergegangen. Das bedeutete wohl, dass der Abschied unmittelbar bevorstand. Also musste ich einen Zahn zulegen, wenn ich beide noch zusammen erwischen wollte. Wie ich vermutet hatte, kriegte Ute gar nicht mit, wer da an ihr vorbeilief, oder sie schnallte das viel zu spät. Jedenfalls reagierte sie nicht.

Und so stand ich schneller, als mir lieb war, vor Julia und ihrem Liebsten. Die waren entsprechend erstaunt.

„Wo kommst du denn jetzt her, Ole?", wunderte sich Julia.

„Na von der Schule!" Das war vielleicht eine hirnrissige Frage. Es stimmt also, dass bei Verliebten der Verstand manchmal aussetzt. Aber das war jetzt egal, ich wollte ganz was anderes.

„Willst du mich nicht vorstellen?", fragte ich Julia.

„Ja, ähh..., also das ist mein kleiner Bruder Ole und das ist Simon, ein Freund von mir aus der Schule."

So, so, „ein" Freund, warum sagte sie nicht „mein" Freund. Sollten wir nicht wissen, dass sie einen Neuen hatte? War ihr das peinlich, dass sie so schnell Ersatz für ihren Nils gefunden hatte?

Ein bisschen verlegen standen wir rum, schauten von einem zum anderen. Das heißt, eigentlich waren nur Julia und ich verlegen. Der Simon stand daneben, man sah, dass er sich kaum das Lachen verkneifen konnte. Keiner sagte was, bis Julia mich schließlich anherrschte:

„Was machst du hier überhaupt? Das ist doch nicht dein normaler Schulweg. Du solltest längst zu Hause sein."

Verdammt! Die Frage musste ja kommen. Wieso hatte ich mich nicht darauf vorbereitet? Jetzt musste ich mir in Windeseile eine Erklärung ausdenken.

„Ich kenne da einen, vom Bolzplatz, der geht auch auf das Gymnasium. Wir wollten uns treffen, aber ich hab ihn nicht gesehen."

Was Besseres fiel mir nicht ein. Aber Julia schluckte die Geschichte offenbar. Zum Glück fragte sie nicht nach dem Namen. Aber der hätte ihr ja sowieso nichts gesagt, denn schließlich musste mein Kumpel wohl eine Ecke jünger sein als sie. Kaum zu erwarten, dass sie die Jungen aus der Fünften kannte.

„Na ja, lass uns jetzt gehen!", sagte Julia zu mir und zu Simon: „Ich ruf dich an, Simon. Bis dann. Ciao!"

Auf Simons Gesicht zeigte sich nun ein breites Grinsen. „Alles klar, Julia. Bis später!"

Der gefiel mir sehr, der Simon. Der sah nicht nur gut aus, der war anscheinend auch noch o.k.

Wir hatten es nicht mehr weit bis nach Hause. Ich trottete neben Julia her und drehte mich ab und zu unauffällig um. Was machte Ute jetzt? Sie konnte doch aus ihrem Versteck herauskommen. Sie hätte rennen können, um uns einzuholen. Und *sie* hätte Julia nicht gefragt, wo sie herkommt und was sie hier zu suchen hat.

Bis zur Kreuzung sah es so aus, als folgte uns Ute. Aber dann – an der Kreuzung überquerte sie die Straße und ging in der Richtung weiter, in die Simon verschwunden war...

5.

Zu Hause wunderte sich Julia, dass Ute noch nicht da war. Klar, sie hatte ja nichts mitbekommen. Weder dass Ute sie und Simon beschattet hatte noch dass sie später – aus welchem Grund, wusste der Geier – hinter Simon hergegangen war. Ich hielt tunlichst meine Klappe.

Sonst stellte mir Julia womöglich noch Fragen, die ich nicht beantworten konnte.

„Ich verstehe das gar nicht. Sie müsste längst hier sein. Sie ist doch immer lange vor mir aus der Schule raus." Julia machte sich richtig Sorgen. Aber von mir erfährst du nichts, liebes Schwesterlein.

Als Julia immer weiter rumjammerte, versuchte ich, sie zu beruhigen: „Vielleicht hat sie jemanden getroffen und sich verquatscht. Oder sie ist noch mit einer Freundin Eis essen gegangen."

Julia sah mich an, als ob ein Schwachsinniger vor ihr stünde, und schnaubte nur: „Eis essen!" Gerade wollte ich mich in mein Zimmer verziehen, als Julias Handy klingelte. Da musste ich mir natürlich in der Küche noch unbedingt ein Brötchen schmieren, um nicht zu verpassen, wer da anrief und was Julia von sich gab. Zuerst tappte ich völlig im Dunkeln, aber dann war klar, wer der Anrufer war und worum es ging. Julia sagte zweimal „Nein", das war noch nicht sehr informativ, aber dann sagte sie: „Das verstehe ich nicht, was sollte sie denn vor deinem Haus zu suchen haben?" Der Anrufer fragte offenbar noch was, denn Julia antwortete: „Nein, nein, lass sie. Sie wird schon nach Hause gehen. Ich warte hier auf sie und werde sie fragen, was sie dort wollte." Und nach einer Pause: „Sehen wir uns nachher?" Mit „O.K., dann bis später" wurde das Gespräch von Julia beendet.

Ich spielte wieder mal den dummen Karl: „Was ist denn los? Weißt du jetzt, wo Ute ist?"

„Ja, stell dir vor, sie steht bei Simon vorm Haus und starrt nach oben zu seiner Wohnung. Weshalb macht sie das? Was hat sie da zu suchen? Kannst du dir einen Reim darauf machen?"

Nee, konnt' ich nicht. Dass Ute Simon nachgegangen war, das wusste ich ja, aber warum, das war mir absolut schleierhaft.

Ich verkroch mich erst einmal in mein Zimmer. Hausaufgaben und so weiter. Auch Julia verschwand in ihrem Postermuseum. Weiß der Geier, warum sie sich die Wände mit allem möglichen Schrott zupflastert, Filmplakate, Popstars und so.

Nach ungefähr einer Stunde hörte ich den Schlüssel im Schloss klappern. Aha! Es war Zeit, sich wieder ein Brötchen zu schmieren.

Als ich aus meinem Zimmer kam, stand Ute im Rahmen, d.h. mitten im Flur. Sie schien einen Moment lang zu überlegen, ob sie zuerst in die Küche oder lieber gleich in ihr Zimmer abziehen sollte, entschied sich dann aber für ihre Bude. Das war auch besser so, denn schon schoss Julia aus ihrer Höhle. Im Flur blieb sie verwirrt stehen, denn Utes Tür war bereits geschlossen.

„Ist sie da?", fragte mich Julia.

Ich zuckte nur die Schultern und verzog mich in die Küche. Von hier aus konnte ich am besten den Lauf der Dinge verfolgen. Ohne in den Verdacht zu geraten, neugierig zu sein. Ich hatte eben Hunger und musste mir was zu essen machen.

Julia klopfte an Utes Tür, wartete eine Antwort aber gar nicht erst ab, sondern stürzte sofort in ihr Zimmer.

„Aha, die junge Dame ist also endlich auch nach Hause gekommen", begann sie die Attacke. „Wo warst du so lange?"

Die Frage war echt gemein. Julia wusste doch, wo Ute gewesen war. Wollte sie testen, ob Ute die Wahrheit sagte?

„Ich bin noch ein bisschen rumgelaufen", erklärte Ute.

„So, ein bisschen rumgelaufen. Und wo, bitte schön?"

„Das geht dich gar nichts an. Ich kann rumlaufen, wo ich will. Du bist nicht meine Aufpasserin", wehrte sich Ute.

„Wenn du vor dem Haus von meinem – äh, von einem Freund von mir rumlungerst, geht mich das wohl was an!"

„Ist er also dein Freund, ja? Deinen Nils hast du ja schnell vergessen. Und schnappst dafür anderen ihren Freund weg!"

Plötzlich merkte Ute wohl, dass da etwas seltsam war, denn gleich nach ihrem Angriff fragte sie: „Woher weißt du überhaupt, wo ich war?"

„Weil Simon hier angerufen hat. Er hat dich vor dem Haus gesehen."

„Und was fragst du dann so blöd, wenn du doch weißt, wo ich war?" Utes Stimme wurde lauter.

Auf diese Frage ging Julia gar nicht ein. Sie checkte anscheinend jetzt erst, was Ute ihr an den Kopf geworfen hatte. „Was hast du übrigens damit gemeint, ich würde anderen ihren Freund wegschnappen?", wollte sie wissen.

„Ach, lass mich in Ruhe. Hau ab, verzieh dich. Ich will dich nicht mehr sehen!" Ute klang sehr aufgebracht, und plötzlich hörte ich, dass eine von den beiden in Tränen ausbrach. Ich vermutete – wie sich gleich herausstellte, richtig -, dass es Ute war.

Denn kurz darauf stand Julia kopfschüttelnd, aber ohne eine einzige Träne im Auge, in der Küche. Utes Tür flog mit lautem Knall zu, so dass wir beide in der Küche richtig zusammen-zuckten.

Julia setzte sich zu mir an den Tisch. Dass sie mein Brötchen-schmier-Manöver durchschaute, war sehr unwahrscheinlich. Viel zu durcheinan-der war sie von Utes heftigem Auftritt.

„Ich verstehe überhaupt nichts", begann sie. Da ging es ihr nicht anders als mir. Ich hatte null Ahnung, was hier ablief. „Stellt sich bei mei-nem Freund vor die Tür, wirft mir vor, ich schnappte anderen den Freund weg, schmeißt sich heulend aufs Bett, beschimpft mich, knallt die Tür zu. Ich weiß nicht, was ich davon hal-ten soll. Weißt du, was sie hat?"

Na ja, die Frage war ja wohl echt ein Witz. Ju-lia konnte doch nicht im Ernst glauben, dass ausgerechnet ich eingeweiht wäre in das Seelenleben meiner Schwester Ute. Ausgerechnet Ute, die ständig Stress mit mir machte.

„Wem schnappe ich denn den Freund weg? Der Simon hatte keine Freundin. Außerdem ist die ganze Sache von ihm ausgegangen. Er ist in der Parallelklasse, ich kannte ihn nur vom Sehen. Eines Tages hat er mich in der Pause angequatscht und wir haben ganz gut miteinander geredet. Haben uns gleich ganz toll verstanden. Da gab es kein anderes Mädchen. Ich weiß wirklich nicht, was Ute meint."

Julia erzählte das und guckte dabei die ganze Zeit aus dem Fenster. Es war mehr wie ein Selbstgespräch. Dass ich auch in der Küche saß, war ihr gar nicht klar, denn nie im Leben hätte sie ihren kleinen Bruder in so was eingeweiht.

Aber mir ging, im Gegensatz zu ihr, langsam ein Licht auf. Na ja, noch nicht direkt ein Licht, es war eher so ein Verdacht, der mir kam. Ich erinnerte mich nämlich plötzlich an das Gespräch zwischen Mama und Papa, das ich belauscht hatte. Das, wo Mama meinte, Ute wäre zum ersten Mal verliebt. Mann o Mann, wenn das stimmte, was ich mir da zurechtkombinierte, dann würden in unserer Familie stürmische Zeiten anbrechen.

6

Als Mama um vier nach Hause kam, verbreitete sie gute Laune. Offenbar hatte sie einen tollen Tag gehabt. Sie trommelte uns zusammen und schlug vor, Pizza zu backen – nicht die aus der Tiefkühltruhe, sondern selbstgemachte. Julia und ich fanden das toll und machten sofort mit. Ute blieb in ihrer Höhle hocken und Mama gab dazu keinen Kommentar ab, tat so, als ob wir vollzählig wären. Sie ließ Ute einfach in Ruhe, so wie sie es Papa ja auch geraten hatte.

Eigentlich hatte ich gedacht, Julia würde, während wir Pizza backten, Mama von ihrem Streit mit Ute erzählen. Aber da hatte ich mich gründlich vertan. Kein Sterbenswörtchen ließ sie verlauten, jedenfalls nicht über dieses Thema. Dafür quatschte sie munter über alle möglichen Sachen – aus der Schule, über ihre Freundinnen usw. usw. Der reinste Wasserfall. Mama ging zwar auf ihr Gequassel ein, guckte sie aber immer wieder mal erstaunt an. Julia merkte das gar nicht und redete weiter.

Als wir die Pizza-Bleche in den Backofen schoben, fragte Mama plötzlich: „Wie geht es eigentlich Nils? Du hast schon eine ganze Weile nichts mehr von ihm berichtet."

Julia zuckte zusammen und wurde knallrot. Sie drehte sich langsam zu Mama um und sah sie mit weit aufgerissenen Augen an. So stand sie ein paar Sekunden, ehe sie wie ein geölter Blitz aus der Küche rannte und in ihrem Zimmer verschwand, nicht ohne vorher noch die Tür mit lautem Knall zuzudonnern.

Mittlerweile gab es keinen Zweifel mehr: Ich lebte in einer Familie von Verrückten. Klar, Julia hatte einen neuen Freund und es war ihr peinlich, das vor der Familie zuzugeben. Aber musste sie deshalb gleich so überdreht reagieren? Außerdem – irgendwann würde es ja doch rauskommen. Also, warum sagte sie nicht gleich, was Sache war.

Mama schüttelte den Kopf. „Was hat sie denn bloß?", fragte sie, mehr sich selbst als mich, denn sie ging nicht davon aus, dass ausgerechnet ich über Julias Geheimnisse Bescheid wüsste. Ich hätte ihr zwar auf die Sprünge helfen können, aber ich ließ es bleiben. War nicht mein Bier, hier den Aufklärer zu mimen. „Keine Ahnung", sagte ich deshalb nur und machte langsam den Abgang in Richtung mein Zimmer.

Zum Abendessen versammelten sich alle um den Küchentisch. Die Stimmung war ziemlich mau. Papa lobte unsere Kochkünste ausgiebig, denn die Pizza schmeckte wirklich super. Aber Ute saß stumm wie ein Fisch vor ihrem Teller, aß etwas, sagte keinen Ton und verschwand gleich nach dem Abendessen wieder. Julia beteiligte sich zwar am Gespräch, aber so eine Quasselstrippe wie vorher beim Backen war sie nicht. Da Mama sie nicht nach einer Erklärung für ihr Verhalten und auch nicht noch mal nach Nils fragte, konnte Julia ganz harmlos tun und sich über irgendeinen Quatsch aus der Schule auslassen. Nach dem Essen haute sie ab, murmelte was von „noch ein bisschen spazieren mit

Tanja". Das war glatt gelogen, denn ich hatte mitgekriegt, wie sie, kurz bevor Mama kam, noch einmal mit Simon telefoniert und sich mit ihm für den Abend verabredet hatte. Netter Bruder, der ich bin, hielt ich aber dicht.

7

In den nächsten Tagen tat sich gar nichts. Jedenfalls nichts, was die Lage zwischen Julia und Ute geklärt hätte. Denn für eine Woche herrschte bei uns großer Trubel. Eine Freundin von Mama aus Berlin rauschte mit ihrer Tochter Anna an. Die ist genau so alt wie Julia, und natürlich hingen die beiden Tag und Nacht zusammen. Tagsüber waren sie ständig unterwegs; ob sie sich auch mit Simon trafen, weiß ich allerdings nicht. Gesprochen haben sie aber über ihn. Das habe ich nämlich – ganz zufällig übrigens – gehört, weil Julias Tür nur angelehnt war. Selber schuld! Wenn sie vergessen, vor ihren Geheimkonferenzen die Tür zuzumachen, dann bleibt einem ja gar nichts anderes übrig als mitzuhören.

Anna hat Julia gefragt: „Bist du mit deinem Freund noch zusammen?"

Julia hat erst mal gar nichts gesagt; sie musste wohl überlegen, wer gemeint war.

„Meinst du Nils?", hat sie dann zurückgefragt.

„Ja, Nils", hat Anna bestätigt.

Wieder gab's eine Pause. Dann hat Julia geantwortet: „Nils ist weggezogen."

Eine richtige Antwort war das ja nicht gerade. Das fand wohl auch Anna, denn sie hakte gleich nach: „Ja, und?"

„Na ja, weißt du, er wohnt jetzt 600 km weit weg."

„Hm, das ist natürlich nicht gerade prickelnd, aber wo ist das Problem?", hat Anna gemeint. „Ihr habt euch doch so toll verstanden. Das hast du jedenfalls immer gesagt, wenn wir telefoniert haben. Du warst doch ganz hin und weg."

Julia war das Gespräch wohl nicht besonders angenehm. Sie schwieg wieder eine Weile, dann versuchte sie zu erklären: „Ach, Anna, du kannst mir glauben, über so eine Entfernung eine Freundschaft aufrecht zu erhalten, das ist sehr schwer. Du kannst dir das vielleicht nicht vorstellen."

„Aber wieso?" Anna verstand anscheinend nicht, was Julia meinte. „Es gibt Telefone, Handys, E-Mails, es gibt sogar noch die trödelige alte Post. Außerdem könnt ihr euch besuchen oder in den Ferien zusammen verreisen."

Da sagte Anna ja haargenau dasselbe wie Mama und Papa damals, kurz bevor Nils umgezogen war.

Aber auf Julia machte das keinen großen Eindruck. „Zu Anfang haben wir uns ja auch ganz oft angerufen und E-Mails geschickt. Aber weißt du, auf Dauer brauche ich einen Freund in der Nähe, zum Anfassen. Den ich sehen kann, nicht nur aus der Ferne hören, mit dem ich mich jederzeit treffen und mit dem ich alles, was so passiert, gleich bequatschen kann. Na ja, und auch kuscheln und so weiter, du weißt schon."

Jetzt sagte Anna erst mal nichts. Schließlich fragte sie: „Und – hast du mit ihm Schluss gemacht?"

„Nein, nicht direkt. Aber wir schicken uns nur noch ganz selten E-Mails und telefonieren tun wir so gut wie gar nicht mehr."

Wieder war es still im Zimmer. Dann wollte Anna wissen: „Hast du einen Neuen?"

„Ja, hab ich."

„Und wer ist das?"

„Er heißt Simon und geht in die Parallelklasse. Eines Tages hat er mich in der Hofpause angequatscht, und wir haben uns gleich ganz super verstanden. Man kann wirklich über alles mit ihm reden. Er ist ein Jahr älter als ich, aber er wirkt irgendwie schon richtig erwachsen."

Und dann hat sich Julia darüber ausgelassen, was für ein cooler Typ der Simon ist. Richtig in Fahrt gekommen ist sie. Als sie mal eine Pause machte, wahrscheinlich um Luft zu holen in ihrem ununterbrochenen Lobgesang, hat Anna sie runtergeholt von ihrer Wolke sieben:

„Das ist ja alles ganz toll, Julia. Irgendwie kann ich dich auch verstehen. Aber – wann willst du denn Nils reinen Wein einschenken? Oder willst du die Beziehung zu ihm weiter so in der Schwebe halten? So tun, als ob sich nichts geändert hat, bis eines Tages die Sache sich von selbst erledigt, weil keiner mehr was von sich hören lässt?"

„Nein, natürlich nicht. Ich muss es ihm irgendwann schreiben. Aber es fällt mir unheimlich schwer, weil ich fürchte, dass ich ihm damit wehtue. Es ist mir auch peinlich, weil ich erst so ein Theater wegen seines Umzugs gemacht habe, und nun habe ich schon einen anderen. Ihn anrufen, das kann ich nicht, das bringe ich nicht fertig. Aber ich werde es ihm wohl demnächst schreiben müssen."

„Na ja", hat Anna ganz trocken gesagt, „vielleicht hat er ja auch eine Neue. Wenn er sich so selten meldet wie du, vielleicht ist er auch anderweitig beschäftigt."

„Nein", hat Julia protestiert, „das glaube ich nicht. Ich vermute, er hat noch viel zu tun mit dem Eingewöhnen dort. Es ist ja alles neu für ihn." Aber dann hat sie überlegt: „Obwohl - wenn du Recht hättest, dann wäre es ja nicht so schlimm, dann würde es ihn nicht so treffen, dass ich einen neuen Freund habe."

„Aber sagen oder schreiben solltest du es ihm schon."

„Ja, klar", hat Julia versichert. Sehr überzeugend klang das aber nicht.

Ich bin gespannt, ob sie's tut. Irgendwann wird hier schon durchsickern, ob sie's gemacht hat und wie Nils auf ihr Geständnis reagiert hat. Bei uns stehen ständig irgendwelche Türen offen, entweder aus Versehen oder einfach so. Auf diese Weise erfährt man schließlich immer, was in unserer Familie so abgeht.

8

Noch was Wichtiges muss ich berichten aus der Woche, in der Anna bei uns war. Wieder war es ein Gespräch zwischen Julia und Anna, diesmal in der Küche, wo die beiden am Herd standen und so taten, als könnten sie kochen. Da Julia im Moment nichts anderes im Hirn hat als ihren Simon, ging's natürlich um den.

„Ach ja, Anna, ich muss dir noch was ganz Merkwürdiges erzählen", fing Julia an.

Und schon legte sie los mit der Geschichte, wie Ute vor Simons Haus gestanden und was sie ihr, Julia, danach in ihrem Streit an den Kopf geworfen hatte.

„Verstehst du das, Anna? Was sollte das – ich würde anderen den Freund wegschnappen? Simon war solo, als er mich angequatscht hat. Ich hab mich nirgendwo reingedrängt. Er hat zwar früher mal eine Freundin gehabt, aber das war schon längst kein Thema mehr."

Eine ganze Weile war nur Zischen und Brutzeln aus der Küche zu hören. Als ich schon dachte,

Anna würde überhaupt nicht auf Julias Frage antworten, fragte sie zurück:

„Sag mal, Julia, hältst du es für möglich, dass Ute auch in Simon verliebt ist?"

Bamm! Das hat gesessen. Die Anna ist ein kluges Mädchen. Sie vermutete genau dasselbe, was ich mir auch zusammengereimt hatte, nachdem mir das Gespräch zwischen Mama und Papa wieder eingefallen war.

„Das ist nicht dein Ernst! Du meinst..." Julia wollte es einfach nicht glauben.

„Ja. Warum sollte sie sonst vor Simons Haus stehen und warten, ob er herauskommt, ob sie ihn vielleicht am Fenster sieht? Warum sollte sie dich so wütend attackieren, wenn ihr dein neuer Freund gleichgültig ist?"

„Du meinst, sie hat mit den anderen, denen ich den Freund wegschnappe, sich selbst gemeint?", fragte Julia.

„Ja, genau das."

„Aber Anna, ich bitte dich. Simon ist viel zu alt für sie oder umgekehrt: Sie ist viel zu jung für ihn. Sie ist doch noch ein richtiges Kind. Demnächst wird sie gerade mal elf. Was soll denn ein Siebzehnjähriger mit einer Elfjährigen anfangen? Das ist doch absurd."

„Darum geht es doch gar nicht. Es geht nicht um reale Möglichkeiten. Es geht ums Verlieben an sich. Und das kann sie auch mit elf. Warst du mit elf nicht auch schon mal verliebt? Ich kann mich erinnern, dass ich mich in dem Alter unsterblich verknallt habe in meinen Cousin, der war damals 20. Und ich war überzeugt, in ein paar Jahren könnten wir heiraten. Als er dann eine feste Freundin hatte, wurde ich rasend eifersüchtig. Später ging er zum Studium nach England, und irgendwann hatte sich die Sache für mich erledigt. Aber es hat gedauert. – Er hat übrigens nie von meiner großen Liebe erfahren."

„Ja, du hast Recht", hat Julia zugegeben. „Ich war auch mit 10 oder 11 das erste Mal richtig verliebt. In einen Jungen aus der Nachbarschaft. Der war 15, und immer wenn wir uns auf der Straße begegneten, hat er ein bisschen mit mir geredet, hat mich gefragt, wie es in der Schule so geht und ob ich Freundinnen habe und was wir so machen. Weil er so nett war und sich so für alles in meinem Leben interessiert hat, habe ich gemeint, er liebt mich auch, und wenn wir beide erwachsen sind, dann heiraten wir. Bis er mir dann eines Tages engumschlungen mit einem Mädchen entgegenkam und mich nur ganz kurz mit einem Kopfnicken grüßte. Ich war todunglücklich und habe tagelang immer wieder geheult."

„Siehst du, so ähnlich wie uns damals geht es Ute jetzt. Sie hat sich den tollen Typen Simon ausgeguckt, weil der gut aussieht und wohl überhaupt schwer in Ordnung ist, und nun zieht ihre große Schwester sich den an Land."

„Moment mal, Anna!", unterbrach Julia, „nicht ich habe ihn an Land gezogen, sondern umgekehrt – er hat mit mir was angefangen."

„Ja, ja – ist doch jetzt auch egal! Jedenfalls ist Ute der Meinung, du hättest ihr den Liebsten weggeschnappt. Solange ihr nicht zusammen wart, konnte sie immer noch träumen, dass sie eines Tages seine Freundin wäre. Aber nun geht das nicht mehr. Die eigene Schwester hat jetzt den coolen Typen zum Freund. Und was das Schlimmste ist – sie sieht jeden Tag in der Pause, wie gut ihr euch versteht. Ich bin sicher, sie beobachtet euch genau. Vielleicht sieht sie euch sogar schmusen. Kannst du dir denken, was da in ihr vorgeht?"

Die Anna entwarf da die reinste Lovestory, allerdings ohne Happy End. Ich fand das ein bisschen übertrieben, wie sehr Ute angeblich verknallt sein und wie sehr sie leiden sollte. Mit all dem Liebeskram kann ich sowieso nichts anfangen. Alles Quatsch! Aber sicher hatte Anna Recht, das war mir ja schon lange klar – meine beiden Schwestern waren in ein und denselben Jungen verknallt.

9

Wie es nun weitergehen sollte, wusste weder Julia noch Anna. Am besten wäre es, so meinten sie, die Mama um Rat zu fragen. Aber dann hätte Julia zuerst mal mit der Nachricht rausrücken müssen, dass es da einen neuen Freund gab. Das hatte sie ja bis jetzt erfolgreich verschwiegen. Allerdings – wie ich Mama kenne, ahnte die schon längst was. Zumindest, dass irgendwas zwischen Julia und Nils nicht stimmte. Denn wie Julia nach dem Pizzabacken auf Mamas Frage aus der Küche gezischt war, das war krass. Wenn alles o.k. gewesen wäre, hätte Julia ganz normal antworten können.

Dass die beiden Schwestern kein Wort miteinander redeten, sich nicht mal anguckten, das fiel erst so richtig auf, als Anna mit ihrer Mutter wieder abgefahren war. Mama und Papa sahen beim Essen ab und zu verwundert von Julia zu Ute und wieder zu Julia, sagten aber nichts.

Bis eines Tages Mama dieses Theater anscheinend zu dumm wurde. Als Julia sich, kurz nachdem Mama von der Arbeit gekommen war, vom Acker machen wollte, hielt Mama sie auf und rief aus der Küche:

„Julia, nein, warte mal, bitte! Du kannst jetzt noch nicht gehen. Ich möchte mit dir reden."

Julia fing gleich zu maulen an: „Ach, Mama, muss das ausgerechnet jetzt sein? Ich bin verabredet."

Aber Mama ließ nicht locker. „Die Verabredung lässt sich sicher verschieben. Ihr habt doch alle Handys. Ruf an und sag, du kommst ein bisschen später."

„Na gut", stöhnte Julia und verschwand in ihrem Zimmer, wahrscheinlich um Simon Bescheid zu geben. Mit wem sollte sie denn wohl sonst verabredet sein? Im Moment gab's doch nur noch Simon in ihrem Kopf.

Kurz darauf kam sie heraus und ging zu Mama in die Küche. Beide dachten wohl, meine Tür wäre zu. Aber das war sie nicht. Ganz im Gegenteil, ich machte den Spalt noch ein bisschen breiter, denn diese Gelegenheit zu erfahren, wie es weiterging mit der Lovestory in unserem Haus, die konnte ich mir wirklich nicht entgehen lassen.

„Setz dich, bitte", sagte Mama. Und nach kurzem Stühlerücken fragte sie: „Sag mal, was läuft da eigentlich ab zwischen dir und Ute?"

„Wieso?" Julia stellte sich erst mal dumm.

„Seit einer ganzen Weile redet ihr nicht miteinander. Ihr seht euch nicht mal an. Ihr tut so, als ob die andere Luft wäre."

„Ach, Mama", stöhnte Julia, „es ist alles so kompliziert."

„Was ist kompliziert?"

Ein bisschen druckste Julia noch herum, dann platzte sie gleich mit der ganzen Geschichte heraus:

„Mama, ich habe einen neuen Freund, und Ute ist in diesen Jungen auch verliebt. Direkt gesagt hat sie das zwar nicht, aber alles spricht dafür, dass es so ist."

„Das ist ja eine ganze Menge auf einmal", hat Mama nach einer kurzen Pause gesagt. „Kannst du mir die Geschichte mal der Reihe nach erzählen?"

Und dann hat Julia die ganze Story abgespult, die ich sowieso schon kannte, mit allen Einzelheiten - wie das mit Simon angefangen hat, dass Ute vor dem Haus von Simon gelauert hat und zu Hause völlig ausgerastet ist und dass Anna ihr, Julia, mit ihrer Vermutung auf die Sprünge geholfen hat.

Als Julia endlich ihren Roman beendet hatte, war es still in der Küche. Mama musste das Ganze wohl erst mal verdauen. Dann hat sie bestätigt: „Ja, Anna hat das wahrscheinlich ganz richtig erkannt. Ich vermute schon lange, dass Ute Liebeskummer hat. Aber ich hatte natürlich keine Ahnung, wer der Auserwählte sein könnte. Sie hat ja nie etwas gesagt. Wenn man sie gefragt hat, kam immer nur die Antwort: ‚Es ist alles in Ordnung' oder ‚Es geht mir gut'. – Aber jetzt möchte ich erst noch etwas ganz anderes wissen: Was ist mit Nils? Weiß er, dass du einen neuen Freund hast?"

„Nein, noch nicht", gab Julia leise zu.

„Und wann willst du ihm das mitteilen? Meinst du nicht, er hat ein Recht darauf, das so schnell wie möglich zu erfahren?" Mamas Stimme klang ziemlich bestimmt.

„Ja, Mama, ich weiß, du hast ja Recht. Aber es fällt mir schwer, ihm das zu schreiben. Sagen kann ich es ihm überhaupt nicht. Ich schäme mich so."

„Aber Julia-Schatz", jetzt hatte Mama wieder ihre ruhige, fast sanfte Stimme, „wieso schämst du dich? Du musst dich nicht schämen. So was geschieht eben, wenn man so jung ist wie du und der Freund so weit weg. Auch Nils kann das passieren, vielleicht ist es ihm ja schon passiert. In eurem Alter hat man im Allgemeinen den Partner fürs Leben noch nicht gefunden. Aber ganz egal - ehrlich solltet ihr schon miteinander umgehen. Das ist ganz wichtig. Du würdest doch auch nicht wollen, dass Nils dir schreibt, als ob nichts wäre, und in Wahrheit hat er schon längst eine andere Freundin."

„Nein, natürlich nicht. Aber ..." Dann sprach Julia nicht weiter.

„Aber ...?", hakte Mama nach.

„Ich weiß nicht, wie ich ihm das schreiben soll – ich meine, mit welchen Worten."

„Wenn du willst, kann ich dir vielleicht dabei helfen", hat Mama angeboten.

„O ja, Mama, das wäre super. Danke! Du bist wirklich eine ganz tolle Mama!"

Na, da schleimt sich Julia wieder mal ganz mächtig bei Mama ein. Das kann sie wirklich gut!

Zum Schluss hat sie noch gefragt: „Und was machen wir mit Ute?"

„Darüber muss ich erst mal nachdenken", hat Mama erklärt. „Und dann werde ich wohl mit ihr reden müssen."

10

Aber bevor Mama dazu kam, mit Ute zu sprechen, gerieten die Schwestern hübsch aneinander.

Eines Mittags kam Ute wieder ziemlich spät nach Hause, lange nach Julia und mir. Als sie ihre Nase kurz in die Küche steckte, wo Julia und ich uns etwas zu essen machten, konnte es Julia sich nicht verkneifen, mit spitzer Stimme zu fragen:

„Na, was macht Simon so? Hast du wieder die Spannerin vor seinem Haus gemacht?"

Ute wurde knallrot und bellte ihre Schwester an: „Ach, halt doch die Klappe, blöde Kuh!" und wollte in ihrem Zimmer verschwinden. Das allerdings war gar nicht nach Julias Geschmack. Sie sprang so heftig auf, dass der Stuhl mit lautem Krach umflog, und flitzte ihrer Schwester hinterher.

„Moment mal, Ute", rief sie, „so geht's nicht! So kannst du mich nicht behandeln!"

„Kann ich wohl! Wenn du mich so anmachst", hat sich Ute gewehrt.

„Ich mach dich nicht an. Ich stelle nur was fest. Du warst doch sicher wieder hinter Simon her."

„Das geht dich gar nichts an", hat Ute gefaucht.

„Das geht mich sehr wohl was an, wenn du meinem Freund hinterher schleichst. Gib's zu, du bist verknallt in ihn!"

Das war die absolute Kampfansage. Bisher hatte niemand Ute knallhart ins Gesicht geschleudert, dass man über sie Bescheid wusste. Was würde jetzt passieren?

Erst mal passierte gar nichts. In Utes Zimmer blieb es einen Moment mucksmäuschenstill.

Ute beendete das Schweigen und nicht gerade leise: „Ob ich verknallt bin und in wen, kann dir total egal sein", schrie sie Julia an. „Kümmer dich lieber um deinen Nils. Eine schöne Freundin bist du. Tust so, als ob alles paletti wär', und machst in Wirklichkeit mit 'nem anderen rum."

Das konnte Julia natürlich nicht auf sich sitzen lassen. „Was mischst du dich in meine Sachen ein! Du hast überhaupt keinen Durchblick, checkst überhaupt nichts. Nils weiß längst Bescheid. Und was hast du dich an Simon ranzumachen? Meinst du wirklich, der interessiert sich für kleine Mädchen wie dich? Das ist lächerlich, einfach lächerlich!"

„Du bist so gemein, Julia." Die Stimme klang, als ob Ute den Tränen nahe wäre.

Noch einigermaßen deutlich redete Ute weiter. „Ich hab mich nicht an ihn rangemacht, und ich weiß auch, dass er sich wahrscheinlich nicht für mich interessiert. Aber ich – ich ..."

Kam jetzt die große Heulnummer?

Nein, noch nicht. „Wieso weiß Nils Bescheid?", wollte Ute erst noch wissen.

„Ja, da staunst du! Hättest du nicht gedacht, was?", trumpfte Julia auf. Sie sollte mal besser nicht die Mutige und Korrekte raushängen lassen. Ich wusste doch, wie schwer sie sich getan hatte. Und ohne Mamas Hilfe wäre sicher überhaupt nichts passiert.

Unbeirrt machte Julia weiter: „Ich hab ihm eine Mail geschickt. Und er hat gleich geantwortet. Er war gar nicht sauer und will trotzdem mein Freund bleiben, als Kumpel eben."

Mann o Mann, Julia zog ja eine tolle Show ab. Von Ute war gar nichts mehr zu hören.

Dafür setzte Julia noch eins drauf: „Und das eine merk dir: Simon ist mein Freund und nicht deiner. Hör also auf, hinter ihm herzuschleichen. Er wird nie dein Freund sein, nie, nie, nie!"

Die letzten Worte hatte Julia fast gekreischt. Mit diesem Auftritt wollte sie den Zoff beenden und in ihr Zimmer rauschen. Um Utes Fassung war es nun geschehen. Ich hörte, wie sie laut schluchzte und mit irgendwas ihre Kissen traktierte.

„Was ist denn hier los?!" Mama stand völlig unerwartet im Flur. Sonst ist sie um diese Zeit noch nicht zu Hause. Mit einem Blick hatte sie die Situation sofort im Griff.

„Julia, geh bitte in dein Zimmer. Ich komme gleich zu dir", sagte sie ziemlich aufgebracht. „Ich muss mich jetzt erst mal um Ute kümmern."

Wie die beleidigte Leberwurst zischte Julia in ihre Bude und knallte die Tür zu. Erst wollte Mama hinter ihr her, aber dann entschied sie sich anders und ging in Utes Zimmer. Und schloss die Tür hinter sich! Das war echt fies. Denn nun bekam ich nichts, aber absolut gar nichts, null von ihrem Gespräch mit. Nicht mal Gemurmel war im Flur zu hören, wohin ich mich inzwischen geschlichen hatte. Sie müssen geflüstert haben.

Wenigstens als sie viel später mit Julia redete, konnte ich ein bisschen was hören, weil die Tür nur angelehnt war.

„Julia, musste das wirklich sein? Ich hatte dir gesagt, ich wollte mit Ute sprechen."

„Ja, ich weiß, Mama. Aber sie nervt mit ihrer ewigen Leidensmiene. Und ich kann es nicht ertragen, dass sie ständig hinter Simon herrennt, ihn anstarrt und anhimmelt und uns beobachtet, wenn wir zusammen auf dem Schulhof stehen. Ich kann mich schon gar nicht mehr normal bewegen, weil ich mich ständig überwacht fühle."

„Ist das nicht ein bisschen übertrieben? Du fühlst dich überwacht von deiner kleinen Schwester? Denk mal an die Zeit, als du so alt warst. Ich kann mich erinnern, dass da auch etwas war."

„Ja, das stimmt. Aber ich bin doch nicht dauernd hinter dem Typen hergerannt und hab ihn belauert."

„Nein, die Situation war eine andere. Aber das Gefühl ist das selbe", erklärte Mama. „Ute empfindet genau so wie du damals. Und ist sehr verletzlich. Du hast sie mit deinem heftigen Auftritt tief getroffen. Das musste wirklich nicht sein, dass du so auftrumpfst. Ein bisschen mehr Feingefühl hätte ich dir schon zugetraut."

„Und was soll ich jetzt machen?", fragte Julia ziemlich kleinlaut.

„Am besten, du lässt Ute erst einmal in Ruhe. Und dann kannst du dich ja vielleicht irgendwann mal dazu durchringen, dich bei ihr zu entschuldigen und ihr zu erklären, warum du so garstig zu ihr warst."

* * *

Ob und wann sich Julia entschuldigt hat, weiß ich nicht. Ich hab mich dann auch nicht mehr groß um die Lovestory meiner Schwestern gekümmert. Irgendwie war für mich die Luft raus.

Und gestern kam Ute nach der Schule ins Haus gestürmt, hat ihren Rucksack in ihr Zimmer gepfeffert und gerufen:

„Ich bin gleich wieder weg, bin verabredet."

„Mit wem denn?" Das hat mich nun doch interessiert.

„Mit Julian, einem aus meiner Klasse!", hat sie geantwortet und übers ganze Gesicht gestrahlt. Und wutsch, weg war sie!